그 때
치 마 가
빛 났 다

안미선
에세이

그 때
치마가
빛 났 다

오월의 봄

# 차례

그날 나는 치마를 입고 있었고 손에는 우연히 카메라가 들려 있었다. 내가 사는 곳을 둘러보다가 눈이 몸에 닿았을 때 나는 내가 치마를 가장 보고 싶어 한다는 걸 알았다. 이유는 알 수 없었다. 강렬한 그리움과 설렘에 휩싸여 나는 치마들을 하나하나 꺼내 보기 시작했다. 몇 벌 되지 않는 치마는 이야기를 담뿍 담고 있었다. 그 이야기는 몸속에 숨죽여 있다가 뛰쳐나온 것처럼 생생한 현실이 되어 나를 둘러쌌다. 무엇을 하겠다는 작정도 없이 나는 주저앉아 그 기억을 돌이켜보기 시작했다.

기억 속 치마들에서 목소리가 들려왔다. 지난 어느 순간, 나와 함께 있던 사람들의 모습이 보였다. 그들은 치마 차림으로 분주히 주변을 돌보고 보살피고 있었고, 때로 웃거나 울면서 그 자리를 살아가고 있었다. 그때 그 순간 내가 볼 수 있었던 치마는 무슨 색깔이었고, 그들은 어떤 표정을 짓고 있었을까. 나는 기억 속 계단을 내려가듯 나를 낳고 키우고 돌보아준 이들을 떠올렸다. 그들이 무슨 얘기를 했고, 무엇 때문에 웃음을 터뜨렸으며, 무엇을 위해 손을 모으고 기도했는지 되짚어

6

보기 시작했다.

또한 그들 속에서 내가 어떻게 자라났고, 언제 나만의 삶을 위해 뛰어갔는지, 언제부터 지금의 내 모습으로 만들어졌는지도 돌이켜보았다. 나는 나를 만들어준 자리에서 멀리 떨어져 나가 살아왔다고 생각했는데, 꼭 그렇지 않다는 것도 알게 되었다. 나를 지금의 모습으로 있게 해준 이들이 물려준 이야기는 여전히 내 이야기의 뿌리가 되어주었고, 그들의 표정은 나의 표정의 원천이었다. 나는 그들과 아주 다른 삶을 살고 있는 게 아니었다. 그 사실을 알게 되자 나는 조금 안도했고 조금 슬퍼졌다. 너무 늦게 그 사실을 깨달은 것 같아서. 마침내 혼자가 아니게 되어서.

치마의 자리는 살면서 한 번도 눈여겨보지 않은 자리였다. 나를 돌보아주고 내가 돌보아내어야 할 이들을 굳이 돌아보는 건 일상에서 그다지 끌리는 일이 아니었다. 그런데 그 자리에 그만 사로잡혀버렸다. 나는 색색들이 치마를 움켜쥐고 고개를 숙였다. 그러자 기억 속 모든 치마들이 일제히 펄럭이며 이야기를 저마다 소곤거렸다. 나에게 꿈이 필요했기 때문인지도 모른다. 나는 빈방에 혼자 있었고 한겨울에 막다른 골목에 처한 듯한 기분에 빠져 있었다. 나는 이번만큼은 나의 꿈들에 내 자리를 양보했다. 그러면서 깨달았다. 결국 살아낸 만큼의 시간이 다시 꿈이 된다는걸. 내가 보고 들은 모습만큼 나는 꿈꿀 수 있다는걸. 그러므로 치마에 대한 나의 꿈은 나보다 먼저 치열하게 살아내고 삶을 기어코 고스란히 물려준 여성들에게 빚진 것이다.

치마의 수런거림을 모두 받아 적을 수 있다면 어떤 이야기가 펼쳐질까. 우리는 무엇이 우리를 살려주었고, 무엇 때문에 우리는 살아가고 있는지 그 비밀을 아직 모두 눈치채지 못했다. 하지만 치마의 힘을 긍정하는 일은 내가 지금 지키고 살리고자 하는 일을 긍정하고, 자신을 온전히 긍정하는 일이 될 것 같다. 나는 글씨 없는 두루마리 족보를 펼치듯 치마를 펼쳐 그 기억을 파헤쳤다. 이름 없는 자리에서 누군가는 무엇인가는 조용히 삶을 빚어내고 조용히 낡아간다. 나는 내 존재의 의미를 찾기 위해 치마를 마주 보았다. 그러면서 여성들이 삶을 위해 기울인 보이지 않는 분투와 놀라운 노력의 역사까지 알게 되었다. 나는 세상에 잘 드러나지 않는 그 겸손하고 애달픈 노력을 한번 써보고 싶었다. 가진 것이 별로 없었지만 온 마음을 기울여 다음 세대의 삶을 이룩해낸 평범한 여성들에게 이 치마의 노래를 들려드리고 싶다.

사진가 필립 퍼키스는 "보지 못하고 지나쳐버린 빛은 지금 이 순간의 현재"라는 말을 했다.[*] 나는 현재를 살면서 비로소 내가 어디에서 비롯했는지 문득 알아채고, 지나간 그곳과 그때, 곁에 머물러준 이들에게 "빛나고 있었다"는 고백을 뒤늦게 드린다.

---

\* 　시릴라 모젠터·필립 퍼키스, 《옥타브》, 안목, 2020.

# 1

나의
보물 상자
안

# 서랍 속에 숨은 것

치마에 대한 첫 기억이 있다. 장롱 서랍 안에 있던 옛 치마들이다. 어머니의 한복 치마들이 그 안에 차곡차곡 들어 있었다. 몇 벌 되지는 않았다. 하지만 부푼 치마들이 자리를 차지해 푸짐한 보물 상자처럼 보였다. 어머니가 집에 없을 때마다 나와 동생은 서랍을 덜컥 열었다.

울긋불긋한 색깔 앞에 입이 딱 벌어졌다. 분홍색 한복은 소맷자락에 덩굴 무늬가 있었다. 치맛자락에 손을 대면 사각거리는 소리가 났다. 어머니가 약혼식 때 입은 옷이라고 했다. 또 다른 옷은 연두색 저고리에 붉은 치마였다. 새색시의 신혼 한복이었다. 분홍 한복보다 좀 더 색이 진하고 광택이 반들거렸다. 옷고름은 새빨갛고 길었다. 치마와 저고리에는 모란꽃 무늬가 찍혀 있었다. 붉은 치마를 펼치면 작은 방의 바닥이 다 덮여버리는 것 같았다. 치마는 시원하게 펄럭이며 바닥에 꽃잎처럼 내려앉았다.

나는 여섯 살 꼬마였다. 잠깐 동안 도둑질하듯 꺼낸 한복을 입었다. 어깨끈을 걸친 치맛자락이 방바닥을 쓸었다. 치마를 작은 가슴에다 몇 번이고 둘러 끈으로 묶고 속저고리에 팔을 허둥지둥 꿰었다. 놀이가 무르익으면 고개를 치켜들고 잘난 체하는 거만한 표정을 지었다. 어머니의 한복을 가지고 우리만의 성을 꾸미기 시작했다. 집에는 거울이 없었지만 이만하면 충분히 멋지고 아름다워 보였다. 소매가 손등을 덮고 너풀거려도, 어설프게 끈을 동여맨 치마에 발이 걸려 넘어져도 깔깔거렸다. 누군가 나를 감탄하며 보는 양, 눈길을 알지만 모르는 척하겠다고 마음먹은 양 걸어다녔다. 급기야 눈앞에 늘어선 시종들의 모습까지 상상했다. 동화 속 공주들이 으레 그런 모습이었으니까. 동생과 나는 번갈아 공주와 시녀 놀이를 하면서 우리의 환상에 못을 박았다.

수건을 쓰면 시녀가 되었다. 수건 끝 귀퉁이를 묶어 머리에 쓰고 빨래집게로 귓불을 집었다. 귀걸이를 한 시녀가 되려면 귀가 아파도 좀 참아야 했다. 어머니가 없는 날이면, 우리는 치마들을 꺼내 방을 온통 어질렀다. 치맛자락을 펄럭이고 손짓발짓을 하면서 우리 자매는 공상의 세계에 빠져들었다. 하얀 속치마를 입으면 천사가 된 기분이 들었다. 보이지 않는 날개가 뒤에서 퍼덕거려 금방이라도 날아갈 수 있을 것 같았다. 진짜 금붙이까지 찾아냈다. 어머니의 유일한 패물인 밋밋한 쌍가락지는 손가락에서 덜렁거렸지만 황금빛으로 충분히 반짝였다. 앙증맞은 내 돌 반지에는 하트 문양이 있었다. 고리를 벌리면 그것도 낄 수 있었다.

치마를 입는 방법은 우리 마음대로였다. 붉은 치마 위에 흰 속치마를 덮어쓰기도 했다. 머리에 저고리를 써보기도 했다. 치마끈을 한쪽만 어깨에 걸쳐보기도 했다. 옷고름을 이마에 매보기도 했다. 우리의 풍성한 모험과 잔치는 끝도 없었다. 치마는 알라딘의 요술램프처럼 이곳에 있는 우리를 저곳으로 실어다주었다. 그곳은 현실을 떠난 낙원이었다. 집을 떠난 멋진 세상이었다. 아이인 우리가 누구보다 커다란 어른이 되어 세상에 호령하고 사랑받는 곳이었다. 치마를 치렁거리며 나서면 그 순간은 영원히 이어졌다. 칙칙한 벽과 무채색의 가구들, 천장을 구르며 찍찍거리는 쥐, 누렇게 탄 장판은 저만큼 물러나버렸다. 오로지 불꽃 같은 색깔의 소용돌이만 단칸방에서 뿜어져 나왔다. 우리는 치마로 불꽃놀이를 일으키며 황홀하게 뛰어다녔다.

"서랍 뒤지지 말랬지!" 갑자기 큰 소리가 들렸다. 장짓문을 열고 우뚝 선 어머니는 야단을 쳤다. 해를 등에 지고 있어 검어 보였고 번쩍이는 후광까지 머리에 두른 듯했다. 그 순간 우리는 얼어붙었고 모든 환상은 그 자리에서 사라져버렸다. 한참 치맛자락을 휘날리고 고름을 머리에 칭칭 감아 두르고 날뛰고 있을 때 어머니가 덜컥 문을 열어버리면 얼마나 놀랐겠냔 말이다. 서랍은 손을 대어서는 안 되는 어른들의 세계였다. 때로 어머니가 돌아오기 전 우리가 애써 차곡차곡 개어 넣

어두어도 어머니는 금세 한복이 손을 탄 흔적을 눈치챘다. 어머니는 성큼성큼 들어와 우리가 내미는 옷들을 착착 걷어서 정확하고 날렵한 손 솜씨로 개어 제자리에 넣었다. 흥분했던 시간이 거짓말처럼 가라앉았다. 아무 일 없었던 양 감쪽같이 개어져 서랍에 들어간 치마를 보면서 침을 꿀꺽 삼켰다. 마법 같은 시간이 돌돌 말려 딱딱한 나무 서랍에 말끔히 빨려 들어가고 탁 닫혀버렸다. 불을 켜놓지 않아 방은 어둑했고 이전처럼 세차게 구르는 천장 위 쥐의 소리만 들렸다. 나와 동생은 두 개의 돌멩이처럼 방구석에 가만히 놓여 있었다.

어머니는 더 잔소리할 것도 없다는 듯 미련 없이 등을 돌리고 일어나 부엌으로 급히 가서 석유곤로에 불을 붙이고 늦은 저녁 준비를 했다. 타들어가는 석유 냄새가 향긋하게 났다. 어머니가 은근슬쩍 용서해줬다는 걸 우린 알았다. 빈방에 어린 딸 둘을 놓고 나가면 아이들이 어김없이 서랍을 뒤질 거라는 걸 어머니는 알고 있었다. 야금야금 줄어드는 설탕의 양을 보고도 딸들이 몰래 설탕물을 타서 홀짝이는 걸 눈감아준 것처럼 어머니는 단지 그 적적한 놀이를 한 번 더 묵인해준 것이다.

우린 어느새 저녁밥을 기다리며 고분고분해졌지만 마음속까지 그렇진 않았다. 다시 서랍을 열고 말겠다는 맹렬한 꿈꿍이에 잠겨 장롱 서랍을 흘끔거렸다. 그 치마를 꺼내면 훌쩍 큰 어른이나 궁전 속 공주나 세계의 여왕이 될 수 있었으니까.

무엇보다 우리는 그 옷을 입고 어머니가 되었다. 지금의 우리는 절대 될 수 없는 우리 어머니가 되었다. 어머니의 가장 아름다운 옷을 입고 잠시 그 힘을 빌려 보이지 않는 날개를 달고 캄캄한 방을 환하게 휘젓고 날아다녔다.

# 치마라는 배

어머니 치마의 종류는 여러 가지였다. 집에서 입는 치마
는 단색이거나 수수한 편이었다. 때로 꽃 그림이 곁들여 있어
화사한 치마도 있었다. 검은 치마에 자주색 붓꽃이 있거나, 미
색 바탕에 붉은 장미꽃이 있기도 했다. 어머니 손을 잡고 다니
는 꼬마였을 때, 뺨을 스치고 흔들거리던 치마는 그 자체로 어
머니처럼 느껴졌다. 부드럽고 서느렇고 향긋한 치마, 어머니
가 걸어갈 때마다 시원한 바람을 일으키며 출렁거리던 치마.
물결이 해변을 거듭 적시듯 걸음에 따라 치맛자락이 땅을 연
신 쓸면서 어루만지는 것 같았다.

치마를 통째로 머리에 둘러쓰면 치마허리가 목 쪽에 늘어
져서 가슴이 보였다. 나는 치마 속에 들어가 해해거리며 팔을
쳐들고 마녀나 유령이 된 것처럼 뛰어다녔다. 걸친 치마는 줄
줄 흘러내려 나는 팬티 바람으로 남았다. 빨랫집게로 목 쪽의
치마허리를 콕 집어야 커다란 치마를 간신히 입고 있을 수 있
었다.

어머니의 손이 스친 것들은 신기한 것투성이였다. 어머니
는 집에 들르곤 했던 아모레 화장품 외판원에게 크림을 샀다.

은은한 향이 어머니에게서 배어 나왔다. 어머니가 만진 것에
는 그 크림 냄새가 났다. 나는 요술의 징표라도 되는 양 어머니
의 흔적을 킁킁거리면서 감미롭게 즐겼다. 그 냄새는 어머니
가 바로 내 곁에 있다는 것, 주변에 향기처럼 떠돌고 있다는 것
을 알려주는 확실한 징표였다. 포근했지만 어쩐지 멀어져버릴
까 늘 조바심이 나서 금방 그리워지는 냄새이기도 했다.

아버지는 그 냄새를 싫어하는 눈치였다. 어머니가 밥을
할 때 크림을 바른 손으로 쌀을 씻어 안치면, 밥에서 화장품 냄
새가 난다고 타박을 했다. 음식 맛을 다 망치는 거라고 거듭 잔
소리를 했다. 어머니는 굽히지 않고 손에 크림을 바른 다음에
야 집안일을 시작했다. 부엌은 방보다 낮아서 상을 들고 오르
내리기 불편했다. 시멘트 칠만 대충 되어 있고 문이 허술해 겨
울이면 추웠다. 어머니는 불평 없이 신접살림을 잘 꾸려가려
고 나름대로 애썼다. 아버지가 냇가에서 잡은 메뚜기들을 강
아지풀에 꿰어 와 반찬으로 해보라고 불쑥 내밀었을 때도 얼
굴을 잠시 찌푸렸을 뿐, 곧 그것을 볶아 상에 올렸다.

밥상을 마주하면 밥을 푸기 전의 그릇 밑바닥에 언제나
물이 조금 고여 있었다. 그릇을 바짝 들여다보면 내 얼굴이 물
에 떠 있었다. 그 물을 기울이면 얼굴이 미끄러지며 흔들렸다.
그 빈 그릇의 고인 물을 남몰래 먼저 꿀꺽 삼키면 달고 시원했
다. 그건 밥을 먹기 전 꼭 치르는 나의 작은 의식이었다. 어머

니가 씻은 그릇 속에 내가 둥둥 떠 있었고 나는 웃고 있었다. 비린 그릇 안에 고인 반짝거리는 물과 그 특별한 달콤함이 어머니와 나를 가깝게 해주었다. 어느 날 어머니가 그 모습을 보고 그릇 바닥에 고인 물을 마시지 말라고 했을 때 나는 무언가 들킨 것처럼 창피했다. 그 물을 마시면 어떤 기분인지 어머니에게 설명할 수 없었다.

셋방살이는 불편했다. 일단 부엌에 수도가 없었다. 마당 귀퉁이에 하나 있는 수도가 고장이 날 때면, 어머니는 주인집 부엌까지 들어가 눈치를 보며 물을 양동이로 날라야 했다. 등에 업힌 동생이 어머니 귀에 대고 속삭였다. "엄마, 우리 부엌에도 이렇게 꼭지가 있으면 좋겠어." 나중에 어머니는 우리에게 그 말을 다시 하면서 눈물을 글썽였다. 혼자서 하는 집안일을 줄곧 지켜보고 마음을 알아주는 어린 딸에 대한 기특함과 고마움 때문이었다. 목욕을 하는 것도 마땅치 않았다. 대문 너머나 언덕에서 누가 훔쳐보지 않을까 신경이 쓰여서, 줄을 매어 홑이불로 쳐놓은 자리 뒤에서 목욕을 했다.

어머니는 그 집에서 첫딸을 낳았다. 의사도 없이 집에서 낳느라 무서웠다고 했다. 밤에 산고를 치르느라 비명을 지를 때, 아버지가 소리가 크다고 눈치를 주었다. 고래고래 지르는 소리가 주인집까지 들려 남의 잠을 깨우겠다고, 신경 쓰이니까 참아보라고 했다. 하지만 어머니는 어쩔 수 없이 터지는 고

함을 참지 못하고 밤새 몸부림을 쳤다. 사람이 나오겠다고 용을 쓰는 일을 사람이 단속할 순 없는 일이었다. 검은 치마 속을 지켜보며 출산을 돕던 이들은 더 나이 든 여성 둘이었다. 큰어머니와 외할머니였다. 큰어머니는 시골에서 동네 여자들의 출산을 도맡아 돕는 산파였기 때문에 침착했다. 하지만 외할머니는 딸이 아파하는 소리에 같이 떨었다. 두 노인은 물을 끓이고 가위로 탯줄을 자르고 태반을 꺼내며 자신들의 일을 다했다. 커다란 울음소리와 함께 태어난 아기는 따뜻한 물로 깨끗이 씻겨 포대기에 싸 제일 따뜻한 아랫목에 눕혔다. 새벽이었다. 장짓문이 밝아오고 있었다. 어머니는 아직 이름 없는 아기의 얼굴을 마주 보고 싱긋 웃었다.

어머니는 빈 치마로 나를 낳아준 사람이었다. 배냇저고리로 내 알몸을 감싸준 사람이었다. 살과 피가 돌게 젖을 물린 사람이었다. 으깬 밥알을 이유식으로 입에 넣어주고 무나 사과 반쪽을 숟가락으로 박박 긁어 떠먹여준 사람이었다. 내가 태어난 다음에도 어머니의 치마는 늘 곁에 있었다. 그 치마가 있어서 나는 안심하고 땅에 발을 딛고 걸어나갈 수 있었다. 높은 툇마루에서 내려와 마당에 핀 작약 사이를 걸어다니며 날아가는 나비를 처음으로 보았다. 한들거리는 푸른 나무와 흰 구름을 보았다.

어머니의 치마가 바람에 부풀어 일렁이는 소리를 들으며

나는 날마다 계속 태어났고 살아나갔다. 치마는 밤에 고요히 가라앉았다가 다음 날 아침이면 어김없이 돛을 단 배처럼 나아갔다. 그날의 햇빛과 바람이 치마를 부풀게 하고 치마를 빛나게 하고 치마를 나아가게 했다. 치마는 매번 그 빛을 바꾸었다. 새로운 사건, 새로운 사람들을 스칠 때마다 그 일은 치마폭에 숨은 보이지 않는 무늬가 되었다.

어머니의 손을 잡고 쫄래쫄래 다니면서 나와 동생은 그 여행의 유일한 동반자이자 목격자가 되었다. 나를 낳았을 때 어머니는 스물네 살이었다. 나는 젊은 어머니가 웃는 모습을, 사람들과 얘기하는 모습을, 혼자 쥐를 잡는 모습을, 벽을 보고 기도하는 모습을, 마당에서 꽃을 우두커니 지켜보는 모습을 뒤에서 보았다. 어머니가 무엇을 원하는지 어린 우리는 다 알 수 없었다. 하지만 어머니가 우리 곁에만 계속 있다면 다른 건 아무래도 좋았다. 치마는 우리를 세상에 닿게 하는 단단한 닻이나 마찬가지였다.

어린아이들이 대개 그런 것처럼, 나의 제일 큰 악몽은 어머니를 잃게 되는 것이었다. 어머니가 수술을 받고 한동안 병원에 입원했다가 집에 돌아온 적이 있었다. 그동안 우리는 큰집에 맡겨져 있었다. 집에 돌아왔을 때, 어머니는 벽에 걸린 십자가 아래에서 초췌하게 웃고 있었다. 몸이 아플 때도 어머니는 우리를 보고 웃으려 애썼다. 어머니는 어쩐지 전과 다르게 보였고 멀리 있는 것 같았다. 어머니가 팔을 내밀어 우리를 안았다. 어머니의 치마에 얼굴을 묻자 그제야 안심이 되었다.

그래도 불안은 꿈에 남았다. 캄캄한 밤에 버스를 타고 가다 혼자 낯선 시골길에 내렸는데 어머니가 버스에 남아 혼자 멀리멀리 가버리는 꿈을 꾸었다. 울면서 버스를 뒤따라갔는데 버스는 야속하게 멀어져만 가는 꿈이었다. 꿈을 깨고 나면 어쩔 줄 몰랐다. 어머니가 바로 옆에서 자고 있는 걸 확인하고도 뜬눈으로 누워 있었다. 어머니를 잃을까봐 두려웠던 마음이 생생했다. '엄마가 여기 있어.' '엄마가 가버릴지 몰라.' '엄마는 안 갈 거야.' '엄마는 안 없어져. 지금 옆에 있어.' 그런 생각을 반복하다 다시 잠이 들었다.

어머니는 전과 다름없이 치열하게 생활을 꾸려갔다. 어머니는 치마꼬리를 허리춤에 끼워 넣고 쭈그려 앉아 거품을 내어 북북 문질러 빨래를 했다. 늘어진 치마허리에 검고 질긴 고무줄을 넣어 다시 입었다. 해진 단을 뜯어내 짧아진 채로 입기도 했다. 어머니는 색깔과 무늬가 다채로운 그 통치마를 월남치마라고도 불렀다. 시시때때로 다른 치마가 펼쳐질 때마다 우리는 한 뼘씩 자라났고 치마를 조금씩 떠나갔다. 어머니의 치마들은 펄럭이는 조각보들처럼, 흘러간 깃발들처럼 우리 뒤로 차츰 물러났다.

그 치마의 물결이 가라앉기도 전에, 나는 뒤를 돌아보지

않고 새로운 시간 속으로 뛰어들었다. 그때 그런 말이 유행이었다. 어머니처럼 살지 않겠다. 더 멋지고 자유롭게 살아갈 거다. 그렇게 모진 소리도 했지만, 어머니가 세상에 물려준 단 한 벌의 치마가 나라는 사실을 그때는 몰랐다. 나의 걸음에 그 모든 치마들이 깃들어 펄럭이고 있다는 것을 몰랐다. 그 박수 소리를 들으며 내가 한 걸음씩 나아갈 수 있었다는 것을 뒤늦게까지 알지 못했다.

# 십자가에 못 박힌 어머니

성당에 다닌 어머니는 딸들이 모두 세례를 받도록 했다. 그뿐 아니라, 자신이 평생 한 일은 성당에 다닌 것뿐이라고 말할 정도로 신앙심이 깊었다. 어머니는 열다섯 살 때 친구를 따라 간 성당에서 세례를 받고 그 후 한 번도 믿음을 저버리지 않았다. 십 대 때 대구에서 직물 공장에 다니며 일했을 때도 가톨릭노동청년회 모임에 빠짐없이 참석했다. 자기는 주일을 꼭 지켜야 한다고 일터에 말했다고 한다. 조장이 되어 야간근무를 할 때 여공이 쓰러지자 동료에게 자신이 책임질 테니 기계를 멈추고 병원부터 데리고 가라고 말한 것도 어머니의 믿음 때문이었는지 모른다.

어머니는 결혼을 했지만 신앙 생활을 철저히 지켰다. 이따금 자신의 몸도 성당에 비유했다. 몸 안에 예수님을 모시고 있으니 몸은 성당이나 마찬가지라고 했다. 그 몸을 경건하고 깨끗이 해야 한다고 말했다. 나와 동생은 유아 세례를 받고 아주 일찍부터 성당에 다녔다. 세례명도 있어서 어머니는 집에서 우리를 그 이름으로 종종 불렀다. 하늘나라에 가면 그게 진짜 이름이라고 했다. 무신론자에 유교적이었던 아버지는 딸들을 세례명으로 부르지 않았고 그런 어머니의 시도를 곧잘 놀려댔다. 나는 외국식 세례명이 우아하고 예쁘다고 여겼지만 막상 어머니가 세례명으로 부르면 어색해서 싫었다. 그렇게 우리를 부를 때 어머니의 목소리가 좀 더 진지하고 기대에 찬 것처럼 들려 그런 건지도 몰랐다.

어머니는 당시로서는 드물게 우리를 유치원에도 보냈다. 성당의 부속 유치원으로 이름이 성심유치원이었다. 유치원은 성당 옆에 따로 있는 단층 건물을 썼다. 흰 블라우스에 남색 치마가 정복이었다. 유치원 노래도 있었다. "마당에는 꽃들이 모여 살구요. 우리들은 유치원에 모여 살아요. 성심유치원. 착하고 귀여운 아이들의 꽃동산." 1980년대 초, 유치원에 다니는 아이들이 많지 않을 때였다. 선생님은 스웨터를 즐겨 입었는데 잘 웃는 얼굴을 하고 있었다. 수녀님도 원생을 함께 지도했는데 무용이며 노래를 가르쳐줄 때 엄격해서 꾀를 부리는 아이를 종종 호되게 꾸짖었다.

착한 사람이 가는 천국 이야기와 나쁜 사람이 가는 지옥 이야기도 들었다. 천국에는 큰 날개를 달고 하얀 옷을 입은 천사가 살았다. 그곳에는 하느님도 있고 예수님도 있고, 그분의 어머니인 마리아님도 있었다. 왕관을 쓰고 구름에 앉아 있다고 했다. 우리한테도 각자 수호천사가 있다고 했는데 보이지 않게 아이들의 뒤를 따라다니며 지켜준다고 했다. 나는 숲을 걸어가는 아이와 그 뒤에서 날개를 접고 긴 치마를 끌고 따라가는 수호천사를 그림으로 본 적이 있다.

지옥 이야기는 종종 각색되어 되풀이되었다. 나이 든 어른들이 주로 그렇게 말했다. 외가 친척 중 독실한 교인 할머니가 있었다. 외갓집에서 외사촌끼리 오랜만에 만났는데 장난감을 가지고 서로 내 것이라고 싸운 적이 있다. 그걸 보고 할머니는 외사촌 오빠와 나를 꿇어 앉힌 다음 무시무시한 지옥 이야기를 시작했다. 지옥에는 물이 끓는데 그 속에 사람들이 빠뜨려지고, 옆에서는 사람들이 불에 태워지고 꼬챙이에 찔리며 모두 끝나지 않는 형벌을 받으면서 몸부림치며 괴로워한다고 했다. 그곳에는 커다란 괘종시계가 있는데 종이 울리는 대신 "죽어라! 죽어라!" 하는 소리가 울려 퍼진다고 했다. 지옥을 얼마나 끔찍하고 그럴듯하게 그려냈는지, 그 음산한 이야기가 끝나자 나와 외사촌 오빠는 돌변했다. 장난감에 저주라도 붙은 양 서로 가지지 않겠다고 밀쳐내며 양보했다. "이제 지옥에 안 가는 거냐?"고 어른들에게 쉬지 않고 물어대 다들 어리둥절해했다.

어머니는 안방의 가운뎃자리에 작은 단을 놓고 그 위에 성모 마리아상을 두었다. 그 양쪽 옆에는 색종이로 접은 꽃이나 조화가 가득 꽂힌 꽃병이 있었다. 벽에는 기도할 때 손에 들고 돌리는 묵주가 걸려 있었다. 묵주 위편에는 십자가가 있었다. 십자가 뒤에는 색깔이 갈색으로 변한 편백나뭇가지가 일년 내내 걸려 있었다. 어머니는 아침저녁으로 늘 그곳에서 혼자 기도했다. 어머니는 어린 우리가 성물을 만지며 장난을 칠까봐 염려해 절대 이곳에 손을 대면 안 된다고 엄포를 놓았다. 함부로 만지면 하느님한테 큰 벌을 받게 된다고 했다. 자주색 구슬이 나란히 달려 있는 묵주는 목걸이처럼 예뻐서 한번 몸에 걸쳐보고 싶었지만 그 말에 만질 엄두가 나지 않았다. 하늘에서 하느님이 다 내려다보신다고 했으니까. 안방에 마리아상이 있는데 성당에도 있으니 마리아님이 두 분일까, 같은 걸까, 다른 걸까, 혼자 갸우뚱하며 멀리서 쳐다보기만 했다.

어머니가 성당의 일로 집을 비운 저녁이었다. 집에 전깃불이 꺼졌다. 손을 더듬거리며 양초를 찾아나갔다. 갑자기 무언가가 내 몸에 부딪혀 둔탁한 소리를 내며 깨졌다. 그건 어머니가 절대 만지면 안 된다고 신신당부한 성모상이었다. 무얼 깨뜨렸는지 깨닫고 그 자리에서 얼어붙었다. '성모상을 깨뜨렸으니 난 이제 지옥에 가게 된다.' 나는 정신없이 큰 소리로 울면서 집을 뛰쳐나갔다. 잠옷 차림 그대로 신발도 제대로 신지 않고 어두운 길을 달려갔다. '난 이제 지옥에 간다, 지옥에 간다!' 일부러 깬 게 아닌데 꼼짝달싹 못하고 죄인이 되어버렸다. 아무리 말해도 하느님이 내 사정을 들어주지 않고 지옥에 바로 보내버릴 것 같았다. 억울하고 무서웠다. 빠져나갈 방법

없이 당장이라도 벌을 받아 죽게 될까. 아무도 구해주지 못하는 곳에서 난 이제 어떻게 되는 걸까.

나는 어머니를 찾아 캄캄한 길을 힘껏 달려나갔다. 펄럭이며 휙휙 스쳐가는 치맛단과 달리는 발만 보였다. 나를 구해줄 사람은 어머니밖에 없을 것 같았다. 사실을 말하고 용서를 빌고 나를 구해달라고 하고 싶었다. 어머니가 싸늘하게 등을 돌려버리면 난 정말 죽어버릴지 모른다. 맞은편에서 오던 이웃 아주머니가 놀라서 나를 붙잡았다. 어디에 가냐고 묻는데 "어머니를 찾아야 한다, 난 이제 지옥 간다……" 같은 말만 하며 울면서 발을 굴렀다. 아주머니가 나를 집으로 데려오고 나중에 성당 일을 마친 어머니도 왔다. 어머니는 예상과 달리 화를 내거나 꾸짖지 않았다. 반으로 동강 난 성모상을 마당 앞쪽 땅에 묻었다. 그리고 저녁에 성당 일을 보러 나가는 걸 그만두고 매일 우리 곁에 머물렀다. 땅에는 깨어진 석고상이 묵묵히 묻혀 있었다.

어린아이들이 만져서는 안 되는 것이 성당에도 있었다. 제단 앞에 십자가가 있고 그 아래에 붉은 등이 비치는 감실이 있었다. 예수님의 몸인 성체가 들어 있는 곳이라고 했다. 미사 때마다 신부님이 그 감실 문을 열고 금빛 그릇을 꺼냈다. 그곳에 담긴 둥글고 얇은 흰 조각을 그리스도의 몸이라면서 신자들에게 나누어주었다. 신부님이 성체를 높이 들 때 종소리에 맞춰 신자들은 고개를 일제히 숙였다. 저 작은 감실 안에 어떻게 예수님의 몸이 들어 있다는 건지, 말을 곧이곧대로 들은 나는 알 수 없었다.

정말 예수님이 있어서 밤마다 그 안에서 나오는 걸까, 성당이 텅 비고 사람에게 들키지 않을 때만 가만히 혼자 모습을 드러내는 걸까 하고 궁금해했다. 예수님의 큰 몸이 들어가 있기에 그 감실은 너무 작았다. 한번 살펴보기로 했다. 하루는 선생님이 잠시 자리를 비운 사이 유치원 아이들 몇 명만 성당 안에 들어가 놀고 있었다. 나는 제단 앞으로 살금살금 걸어가서 살펴보다가 좀 더 용기를 내 대담하게 감실 앞에 섰다. 미사 시간에 신부님만 근엄하게 서 있던 곳이다. 굳게 닫힌 감실엔 아무도 없는 듯했다. 아무래도 사람이 들어가 있을 수 없는 자리 같았다. 그곳에 예수님은 없는 것 같다. 나는 지켜보다 그렇게 생각해버렸다. 그러자 긴장이 풀려 그 자리에 벌러덩 누워버렸다. 일곱 살 때였다.

내가 누운 곳은 커다란 십자가의 바로 아래쪽이었다. 대형 나무 십자가에 달린 예수님의 얼굴을 올려다보았다. 머리에 가시관을 쓰고 고개를 숙이고 팔을 벌리고 우뚝 선 모습의 예수님이었다. 평소와 다른 자리에서 쳐다보니 그 얼굴이 엄하게 나무라는 듯 빙글빙글 돌아가는 것 같았다. 어쩌면 발치에 노는 아이를 관대하게 내버려두는 듯도 했다. 내게 힘을 행사하지 못하고 가만히 있는 것도 같았다. 하지만 커다란 조각상의 굳은 얼굴을 작은 아이가 눈앞에 바로 마주하는 것은 압도적인 경험이어서 나는 이로써 벌을 받게 되는 걸까 하는 생각이 다시금 들었다. 나는 붉은 제단 위에 누워 십자가에 달린 예수님의 얼굴을 마주 올려다보고 있었다.

주일 미사 시간에 나는 곧잘 쓸쓸해졌다. 눈을 감고 기도하는 어머니 때문이었다. 어머니는 곁에 있었지만 미사 시간에는 나를 바라보지 않았다. 평소에 웃거나 재미있는 이야기를 해주던 어머니는 그 자리에 없었다. 지루함을 견디지 못하고 내가 말을 붙일라치면 검지손가락을 입에 대고 조용히 하라는 주의를 주었다. 신부님이 제대 앞에서 내려와 성체를 나누어줄 때 어머니는 사람들의 행렬에 묻혀 나에게서 더욱 멀어졌다. 나는 수치심에 가까운 무료함을 견디며 자리에 있어야 했다.

그해, 크리스마스 행사로 성당에서 신자들이 연극을 했다. 어머니가 배우로 나온다고 했다. 어머니는 집에서 중얼거리며 대사를 연습했고 어떤 옷을 입고 갈지 궁리했다. 어머니가 나온다고 해서 나는 아버지와 동생과 함께 앞자리 쪽에 앉았다. 연극이 시작되었다.

어머니는 십자가에 매달려 있었다. 양팔을 벌리고 다리를 모은 채 슬픈 얼굴을 하고 고개를 떨어뜨리고 있었다. 그 발치

아래에서 내가 어머니를 올려다보았다. 세 명의 죄수가 십자가에 못 박혀 있었고 어머니 옆에는 예수님이, 그 옆에는 또 다른 죄수가 나란히 같은 모습으로 있었다. 모두 여자였다. 집에서 보던 어머니가 이곳에서 이런 모습으로 눈앞에 서 있는 것이 낯설었다. 미사 때보다 어머니가 더 멀리 있는 것처럼 느껴졌다.

어머니는 겨울에 집에서 늘 쓰던 털실로 짠 모자를 쓰고 있었다. 갈색과 노란색 체크무늬가 있는 그 둥근 모자를 우리는 빵모자라고 불렀는데 그 모자조차 낯설어 보였다. 어머니는 슬픈 목소리로 말했다. 오른쪽에 달린 죄수가 예수를 비웃으며 모욕할 때 그를 말리고 회개하며 하는 말이었다. "우리야 한 짓에 마땅한 벌을 당연히 받고 있지만 이분은 아무것도 그릇된 일을 하지 않았다. 예수님, 당신 나라로 가실 때에 저를 기억하여 주십시오."

어머니는 낮고 처연한 목소리로 용서해달라고 하면서 구원을 빌고 있었다. 가슴 저리는 호소였다. 죽음을 앞둔 죄수가 된 어머니를 보는 일은, 그것이 아무리 가짜로 꾸며진 연극이라 할지라도 아이에게 깊은 인상을 남겼다. 비록 어머니가 천천히 하는 말을 다 알아들을 수는 없었지만 나는 한마디도 놓치지 않고 들었고 어머니의 모습을 못 박힌 채 지켜보았다.

신화학자 조셉 캠벨은 《신화의 힘》이라는 책에서 이렇게 말했다. "기독교 전승에는 그리스도가 십자가에 매달린 채 영생의 나무 위에 걸려 있는 이미지가 있습니다. 그러니까 그리스도는 바로 이 영생의 나무의 열매인 것입니다."* 그러니까 그날 어머니는 자신이 메고 있는 십자가를 나에게 처음으로 보여주면서 열매로서의 자신 또한 오롯이 보여준 것이리라. 그 어머니를 마주하면서, 나는 이 세상의 눈으로 보이지 않는 아름다운 열매와, 그 열매가 품은 은밀한 씨앗의 꿈까지 처음으로 목격한 것인지 모른다.

---

\*     조셉 캠벨·빌 모이어스, 《신화의 힘》, 이윤기 옮김, 21세기북스, 2002, 203쪽.

# 인형이 꾼 꿈

나는 여덟 살에 집 근처에 있는 초등학교에 입학했고, 여섯 살인 동생은 내가 다녔던 유치원에 들어갔다. 우리에게는 각자 인형이 하나씩 있었다. 그때 유행하기 시작한 바비인형이었는데 우리는 마론인형이라고 불렀다. 인형은 아이들이 만지작거리며 놀기 좋게 정교하게 만들어졌다. 팔다리가 길었고 머리칼은 금발이었다. 여러 벌의 옷을 바꾸어 입힐 수 있었다. 맨발에 신길 작디작은 고무 구두도 가게에서 따로 팔았다. 그뿐 아니라 인형을 위한 접시나 찻잔 같은 것도 팔았다. 소꿉 세트가 있어 한동안 그걸로 밥을 안치고 도마질을 하고 반찬을 만드는 장난을 했지만 인형을 날마다 가지고 노는 재미에 비할 게 아니었다. 인형에 이름을 붙여주고 아침저녁으로 옷을 갈아입히고 꼭 들고 다녔다.

내가 가진 인형은 키가 크고 눈이 푸른색이었으며 주황색 원피스를 입고 있었다. 동생에게 생긴 인형은 곱슬머리에 알록달록한 짧은 원피스를 입고 있었다. 그 인형이 내 것보다 좋았다. 내 인형은 1000원짜리였지만 그 인형은 3000원짜리였다. 그 인형의 다리는 고무로 만들어져서 잘 구부러지고 팔도

유연하게 움직여졌다. 대신 동생의 고민은 인형이 외따로 있어 자기 친구가 없다는 거였다. 그 인형의 친구들은 '라라'나 '토토' 같은 이름을 달고 시중에 판매되고 있었다. 부모님이 다른 비싼 인형까지 사줄 수 없다고 해서 재빨리 포기하는 게 나았다.

나는 내 인형이 단벌 치마 차림이라 다른 치마가 더 필요하다는 문제를 고민했다. 가게 진열장에서 인형에게 입힐 새 치마 한 벌도 봐두었다. 화려한 무지갯빛 드레스였다. 값은 1000원이었다. 이따금 심부름을 하고 50원이나 100원을 받았으니 1000원은 가지기 어려운 큰돈이었다. 심부름을 할 때마다 어머니에게 자꾸 돈을 달라고 졸랐다. 빨리 새 치마를 사서 인형에게 입히고 싶은 마음을 참지 못했다. 어머니는 내가 아침에도 용돈을 받고는 저녁에도 돈 소리를 한다고 더 참지 못하고 소리를 질렀다. 목욕을 하라는 말에 "100원을 주면 목욕하겠다"고 답한 게 화근이었다. 어머니는 분통을 터뜨렸고, 나는 눈물이 쏙 빠지게 혼쭐이 나고선 마당 한구석에서 훌쩍였다. 어머니가 나를 나쁜 아이처럼 몰아붙인 게 억울했다. 난 단지 내 인형한테 치마를 하나 사주고 싶었을 뿐인데.

아버지가 곁에 왔다. 헐렁한 하늘색 티에 누런 면바지를 입고 슬리퍼를 신고 있었다. 아버지가 나에게 "왜 그렇게 돈을 모으려 했냐"고 물었다. "인형 치마를 사고 싶어서 그랬다"고

하니까 아버지는 잠시 말이 없었다. 얼마짜리인지 묻고는 "그 옷을 꼭 사고 싶냐"고 물었다. 그렇다고 대답하니까 아버지가 고개를 끄덕이면서 "돈을 주겠다"고 했다. 하지만 "이제 다신 어머니한테 돈 달라는 소리를 하지 말라"고 했다. "공부도 열심히 하라"고 했다. 나는 고개를 숙인 채 아버지와 약속했다.

내가 사 온 치마를 보고 나서 어머니는 "이걸 1000원이나 주고 샀냐"면서 혀를 찼다. 아버지도 실망을 감추지 못한 얼굴로 "이 치마 한 벌이 다냐"고 물었다. 눈치꾸러기가 되어 나는 다락에서 인형에게 치마를 갈아입혔다. 새 치마를 입고 길을 나들이하는 인형을 상상했다. 허공에 인형이 걸어가는 것처럼 움직였다. 하지만 유리 진열장 너머로 올려다보던 치마와 실제 치마는 조금 달라 보였다. 그렇게 화려하거나 빛나지 않았다. 무엇이 잘못된 걸까.

나는 여전히 꿈을 꾸었다. 밤이면 인형을 안방의 장식장 속에 넣어두었다. 그 앞에 작은 접시며 찻잔을 차려놓았다. 접시 위에는 진짜 빵 부스러기나 과일 조각을 올려두었다. 아침에 일어나면 음식이 줄어들지 않았나 하고 장식장 유리문을 열고 확인했다. 인형은 놓인 그 자리에 변함없이 앉아 있었지만 꼭 인형이 간밤에 진짜로 음식을 먹은 것만 같았다. 나는 인형에게 말을 걸며 머리를 땋아주고 틀어 올려 묶어주었다. 어머니가 나에게 그렇게 한 것처럼. 그리고 인형이 생각하고 느끼는 것을 혼잣말로 지어내며 같이 그 감정에 빠져들었다.

치마를 더 가지고 싶었다. 이번엔 바느질 솜씨가 좋은 어머니를 졸라 치마 하나만 만들어달라고 했다. 어머니는 흔쾌히 약속해놓고 차일피일 미루다 내가 보채는 통에 어쩔 수 없이 치마 한 벌을 만들어주었다. 파마할 때 머리에 쓰는 분홍색 망사 캡을 틀어 치맛감으로 썼다. 그 캡을 오리고 검은 고무줄을 윗단에 끼워 원피스를 하나 만들었다. 통으로 되어 인형의 가슴에 걸치기만 하면 되는 치마였다. 나는 실망했다. 소매도 없고 레이스도 없었기 때문이다. 어쩐지 생활의 피로가 실린 헐렁한 치마였다. 나는 유치원 발표회 때 내가 입었던 레이스 달린 치마와 같은 것을 인형에게 입히고 싶었다.

그때 어머니는 수척했고 말이 별로 없었다. 어느 날 아침에 밥솥에서 밥을 푸다가 고개를 들어 나를 보고 "동생이 하나 더 있으면 좋겠니?" 하고 물었다. 내 대답을 기다리며 알 듯 말 듯한 미소를 지었다. 긍정의 답변을 기다리는 것 같기도 하고 어쩐지 부끄러워하는 듯도 했다. 어머니가 나에게 의견을 묻고 답변을 기다리는 건 드문 일이었다. 나는 크게 고개를 끄덕였다. 어머니는 다시 웃음을 지었다.

어머니가 언제 아기를 가졌는지 나는 모른다. 그때 우리 집은 세를 들어 살았는데, 마당이 네모난 한옥에 여러 가구가 함께 살았다. 수도와 화장실은 공용이었다. 우리 집은 안쪽에

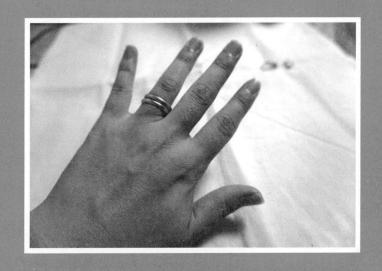

자리 잡은 방 두 칸을 썼다. 방과 방 사이는 동떨어져 있어 신발을 신고 나와 마당을 걸어가야 했다. 어머니는 나와 동생을 끼고 오른쪽 방에서 생활했고 아버지는 왼쪽 방을 혼자 쓰면서 식사할 때만 오른쪽 방으로 건너왔다. 어머니가 밤에 아버지와 함께 지내려면 우리가 잠든 사이에 오른쪽 방에서 나와 왼쪽 방으로 건너가야 했다.

나는 직접 그 모습을 본 적이 없다. 하지만 어쩐 일인지 기억 속에는 밤에 어머니가 아버지가 있는 방으로 신발을 신고 걸어가는 모습이 남아 있다. 이때 나는 마당 입구에 서서 그 모습을 바라보고 있다. 오른쪽 방문과 왼쪽 방문이 모두 보이고, 그 미닫이 사이로 홈드레스를 입은 어머니가 천천히 걸어가고 있다. 그뿐 아니라 어머니의 표정에 떠오른 느낌도 알 수 있었다. 어머니는 조금 고개를 숙이고 기대에 차서, 앞으로 생길 새로운 시간을 그리며 조심스럽게 발을 내딛고 있었다. 주변은 조용하고 어머니의 걷는 자리에 빛이 드는데 어머니는 겸손하지만 어쩐지 막막해하는 자세로 한 발 한 발 걸어서 아버지의 방으로 가고 있다. 어머니는 혼자서 그렇게 다른 방으로, 다른 시작으로, 한밤중에 아무도 모르게 건너가고 있었다. 인형은 밤에 정말 눈을 뜬 걸까. 어느 날 나는 인형놀이에 싫증이 났다.

# 잉어가 간 다음

곧 어머니의 배가 불러왔다. 시골에 사는 친척들도 그 사실을 알게 되었다. 딸 둘만 있는 집에 이제 아들이 태어났으면 좋겠다고 친척들은 기대했다. 큰집 사촌 오빠가 어머니를 위해 저수지에서 잉어를 잡아 보내줬다. 마당의 수돗가에 놓인 붉은 고무 대야에 잉어를 풀어놓았다. 잉어는 기세 좋게 헤엄을 쳤고 나와 동생은 난생처음으로 잉어를 봤다. 우리는 무릎을 짚고 몸을 바짝 숙여 대야 안을 들여다보았다. 아버지 팔뚝보다 큰 잉어는 무척 기운이 세고 팔팔해 보였다. 죽으려고 우리 집에 온 잉어는 특별히 어머니 배 속의 아기를 위해 바쳐진 제물이었다. 우리에게 가까이 보여주려고 아버지가 잡아 올리자 잉어는 불그스름한 흰 배를 통째로 드러내며 펄떡거렸다. 잉어에서 물비린내가 훅 끼쳐왔다.

동생은 이렇게 살아 있는 잉어가 죽는 게 안됐다고 했다. 부모님이 잉어를 살려줄 거라고 나도 생각했다. 아버지는 사촌 오빠의 말을 빌려 잉어를 고아 먹으면 임산부가 아주 튼튼해진다고 했다. 잉어 맛은 어떤지 물었지만 아버지도 잉어를 먹어본 적이 없다고 했다. 우리는 모두 물속을 스스럼없이 헤엄치는 거뭇한 잉어를 내려다보고 있었다. 다음 날 잠에서 깨어나자마자 나와 동생은 잉어를 보러 수돗가에 뛰어갔다. 잉어는 없었다. 고무 대야도 치워지고 없었다. 우리가 잠든 사이, 간밤에 잉어를 찜통에 삶고 푹 고아 어머니가 아침에 홀홀 마셨다고 했다. 남김없이 말이다. 아버지가 전해주는 말에 나와 동생은 놀라버렸지만 정작 잉어를 마셔버린 어머니는 안방에서 나오지 않았다.

그제야 동생은 우리한테 잉어 살점 하나 주지 않고 모두 먹어버렸다고 툴툴댔다. 아버지는 한 사람이 통째로 잉어를 먹어야 약이 된다고, 어머니가 건강해야 아기를 잘 낳을 수 있다고, 그리고 생각보다 비리고 냄새가 심해서 어머니도 억지로 먹었다고 하면서 우리를 달랬다. 어쩐지 우리는 어른들만 알고 있는 세계 밖으로 물러나 있는 것 같았다. 주말 낮에 건넛방 문을 열었을 때 어머니와 아버지가 함께 이부자리에 누워 있다가 아버지가 놀란 기색으로 몸을 일으켜 나를 맞고 어머니가 이불에 얼굴을 반쯤 묻은 채 거리를 두어 나를 보고 있을 때도 그랬다. 무슨 일이 일어나고 있는데 그게 무엇인지 알 수 없었다. 부모가 우리를 멀리하는 것 같아 이상했다.

아버지가 출근하고 건넛방이 비워진 사이 나는 그 방을 걸어다니며 소리 내어 연극을 했다. 그때 나는 아홉 살이었고, 새로 생긴 흑백 텔레비전으로 〈들장미 소녀 캔디〉나 〈미래 소년 코난〉 같은 만화를 열중해 보았다. 집에 아무도 없을 때 나는 머릿속에 이야기를 꾸며내고 연기를 했다. 나를 좋아하는 왕자가 있는데, 나는 그 왕자와 헤어져 비참하고 가난하게 살고 있었다. 왕자는 나를 찾으려 하지만, 나쁜 계모 왕비가 우리 사이를 방해한다. 나는 왕자를 찾으러 궁전에 가지만 왕비가 나를 잡아놓고 마구 옷을 벗기고 매질을 한다. 왕자는 나를 간신히 찾아내지만 나는 왕비에게 모진 구박을 당해 왕자의 얼굴도 알아보지 못하고 때리지 말라고 하면서 쓰러진다.

나는 방 안을 이리저리 걸어다니며 연기에 몰입했다. 밖에 신발은 있는데 방이 너무 조용해서 수상히 여긴 옆집 아주머니가 몰래 지켜보았다는 건 미처 알지 못했다. 말을 전해 들은 어머니는 나에게 그 방에서 무슨 일이 있었냐고 캐물었지만 나는 이 얘기만은 어른들에게 하고 싶지 않아 입을 다물었다.

그리고 아기가 왔다. 여름에 어머니는 출산을 하러 며칠 동안 집을 비웠고 어느 날 포대기에 싼 갓난아기를 안고 마당으로 들어왔다. 어머니와 아버지는 아기를 안고 웃고 있었다. 우리에게도 그 포대기를 건네 보여주며 "너희 동생이다" 하고 인사를 시켰다. 그때 어머니의 부른 배 속에 있던 아기의 얼굴을 처음 보았다. 사내아이였다. 어머니는 웃고 있었고 뿌듯해 보였다. 어머니는 우리가 알지 못하는 신비하고 긴 여행을 마치고 이제 막 돌아온 참이었다. 더 야위고 힘이 빠진 모습으로

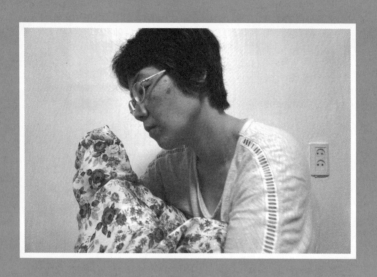

아기를 꼭 끌어안고 있었다.

아기는 아버지의 방 한가운데에 놓였다. 나와 동생은 무릎을 꿇고 앉아 그 앞에 머리를 모으고 내려다보았다. 아기는 검은 머리털이 벌써 나 있었고, 이마에 땀이 송글송글 맺혀 있었다. 잘 때 입을 옴쭉거리거나 눈살을 찌푸렸다. 배 속에서 하던 행동을 배냇짓으로 그대로 하는 거라고 어른들이 말해줬다. 아기가 눈을 뜰 때는 눈동자가 크고 새까맸고 흰자위는 파르스름한 빛이 돌 정도로 깨끗했다. 아기는 눈을 가느다랗게 뜨다가 도로 감아버리면서 잠이 들었고, 배가 고플 때는 작은 분홍색 혓바닥을 내밀며 울음소리를 냈다.

아기한테 달콤한 젖비린내가 났다. 어머니의 가슴에는 젖이 돌았고 이따금 양이 많을 땐 유축기로 짜냈다. 아기의 배꼽은 푸른 줄이 튀어나온 것처럼 생겼다. 얼마 전까지만 해도 어머니의 몸과 이어져 있던 탯줄이라고 했다. 꼭 다슬기 속처럼 푸르스름하고 미끌거리게 생겨서 신기했다. 아기는 차고 있는 천 기저귀가 움직이지 않게 노란 고무줄을 배에 두르고 있었다. 다리는 앙상하고 피부는 거뭇해 보였지만 손가락과 발가락이 꼬물거렸다. 아직 이름이 없는 아기. 어디에서 왔는지 모르는 아기. 말할 줄 모르고 걸을 줄 모르는 아기. 하지만 배 속에 있는 양 여전히 입술을 옴쭉거리며 방긋 웃는 아기. 얼굴이 빨갛게 되도록 울기도 하는 아기. 자기가 시작된 방을 바라보고 자기가 떠나온 배 속을 기억하며 우리의 눈을 마주 올려다 보는 아기.

나는 더 어릴 때 동화책 구석에 썼던 낙서를 떠올렸다. 갓 배운 글씨로 삐뚤빼뚤하게 받침도 틀리게 쓴 글이었다. "나는 누나입니다. 누나가 되었습니다." 골목에서 조무래기들이 하는 '누나'라는 말이 듣기 좋아서 자꾸 입속으로 따라 해보다 나도 나를 누나라고 부르는 동생이 있었으면 좋겠다고 생각했다. 나에게 없는 동생을 그리며 내가 쓴 짧은 문장은 내 최초의 거짓말이자, 진심이 담긴 문학이었다. 신기하게도 나를 그렇게 불러줄 아기가 생겨났다.

# 2

# 그 여름의
# 나들이

# 원피스의 시절

열두 살 때 원피스 두 벌이 생겼다. 조른 기억도 없는데 뜻밖의 선물을 받았다. 원피스를 입고 다니는 아이들은 학교에 많지 않았다. 원피스를 입고 학교에 왔다는 건 옷차림에 신경을 쓰고 멋을 부릴 줄 안다는 뜻이었다. 저학년일 때는 옷차림이랄 게 변변하지 않았는데 고학년이 되자 어머니가 원피스를 선물해주었다. 옷차림에 좀 신경을 써주어야겠다는 생각에서였다.

하나는 검은 체크무늬 원피스였다. 어머니는 어릴 적부터 내게 단정한 옷을 주로 입혔다. 아이에게 허영심을 심어줘서는 안 된다고 생각했기 때문이다. 〈빨간머리 앤〉에서 앤에게 볼록한 소매가 달린 원피스를 사주는 건 허영심을 부채질하는 거라고 반대한 양육자 마릴라처럼 어머니도 엄격한 기준으로 옷을 골랐다. 나름대로 고상한 분위기가 있다고 판단해서 그 원피스를 내 손에 들려주었다. 또 하나는 분홍색 원피스였다. 흰 점무늬가 박혀 있었고 칼라도 흰색이었다.

나는 기뻤다. 입고 보니 산뜻한 느낌이 들었다. 어머니는 아침마다 내 머리를 정성 들여 빗겨주었다. 한 갈래로 높이 올려 묶고 커다란 리본핀을 탁 꽂아주었다. 때로 핀에 딸린 그물망에 머리칼을 둥그렇게 모아 넣어주기도 했다. 어머니가 직접 고른 스타킹에는 붉은 하트나 꽃무늬가 찍혀 있었다. 비싼 거니까 구멍을 내면 안 된다면서 오래 신어야 한다는 당부도 했다. 끈이 달린 구두도 사주었다. 아침에 학교 갈 채비를 끝내고 원피스 차림으로 마당에 나서면 의기양양했다.

산들바람을 맞으며 학교로 걸어가면 원피스 자락은 걸음걸이에 따라 바람에 나풀거렸다. 내가 마구 뛰면 같이 신이 난 것처럼 팔락거렸고 천천히 걸으면 조용히 나붓댔다. 내 기분과 움직임에 따라 팔라닥하는 원피스가 나와 동행한 친구처럼 느껴졌다.

부회장이었던 친구가 내 것과 비슷한 원피스를 입고 있었다. 반의 회장이 모두 남자였다면, 부회장은 모두 여자였던 시절이었다. 회장이나 부회장이 누가 되느냐는 학기 초 또래 사이에서 큰 관심거리였다. 끼리끼리 나눠진 무리들이 생기고 그중 한 아이가 회장이나 부회장이 되면 그 무리가 한 학기 내내 득세를 하기 때문이다. 누군가가 반 아이들을 모두 불러 짜장면을 사줘서 당선이 되었다는 소문이 돌면 으레 상대편 아이들이 그 흥을 더 부풀려 퍼뜨렸다. 부회장은 단색 원피스를 즐겨 입었는데 어쩐지 나를 쌀쌀맞게 대했다.

그때 담임이 몇몇 학생들을 지목해 날마다 교무실 청소를 시켰다. 여학생에게만 일을 시키는 건데도 선생님 눈에 들었다고 좋아했다. 교사들이 쓰고 쌓아놓은 컵을 씻거나 책상을 닦거나 신문을 철해놓거나 행주를 빠는 일이었다. 때때로 눈여겨보고 수고한다고 말해주는 교사도 있었다. 한 교사가 우리 앞에 서서 사진을 찰칵 찍었다. 햇빛이 뒤에 비쳐 배경이 하얗게 나오는 걸 '역광'이라고 부른다면서 "역광으로 특별히 사진을 찍어주었다"고 했다. 퇴직을 앞둔 나이 든 교사는 우리를 바라보며 "학생들이 중학교에 가면 다 변하는데……" 하면서 아쉬운 투로 말했다. 속으로 '나는 안 변해야지' 하고 마음먹었다. 십 대들은 변하는 게 당연한 일이라는 걸 몰랐다. 교사들의 청소를 학생이 도맡아 하는 것이 문제라는 것도 몰랐다.

학생들 사이에서는 누가 브래지어를 했는지가 소문거리였다. 앞에 앉은 동급생의 등을 유심히 보고 "너 브래지어 했지?" 하고 옷에 자국이 비친다며 놀리는 남학생도 있었다. 당황해서 화를 내지 못하고 "안 했어! 안 했단 말이야!" 소리를 빽 지르는 친구도 있었다. 친구들끼리도 좀 더 몸이 숙성한 아이가 누구인지 곁눈질했다. 브래지어가 어떻게 생긴 건지 잘 모르는 아이도 있었다. 누가 벌써 브래지어를 했다는 소문을 들으면 불편하겠다 싶으면서 걱정이 되었다. 내 친구들의 고민은 좀 더 구체적이었다. 가슴이 나오기 시작하면 많이 아픈지, 어느 정도 가슴이 나와야 브래지어를 착용해야 하는지 같은 것이었다.

한번은 동네 아주머니들이 우리 집 안방에 모여 이야기하는 사이, 그 딸들이 작은방에 모여 이불에 발을 묻고 재잘거렸다. 친한 동급생들끼리 거리낌 없이 수다를 떨다가 브래지어 이야기가 나왔다. 처음엔 아무것도 모르는 척 시치미를 떼다가 슬금슬금 호기심이 들어 지껄이기 시작했다. 브래지어를 한 적이 있다, 했다가 벗었다, 해도 안 해도 차이 없더라, 가슴이 안 나온다, 나오긴 했는데 짝짝이더라.

그때 우리는 브래지어가 고민이 아니라 다 다른 모습으로 제각기 크는 우리 몸이 고민이었다. 내 몸이 정상일까? 제대로 자라고 있는 걸까? 혹시 병이 든 건 아닐까? 한꺼번에 웃옷을 올려보자는 제안을 누가 했다. "하나, 둘, 셋!" 모두 웃옷을 올리고 다른 친구들의 맨가슴을 보고 있을 때였다. 갑자기 문이 덜컹 열리고 개중에 한 아이의 어머니가 들어와 "이게 뭐 하는 거야!" 소리를 질렀다.

가슴 이야기도 겨우 꺼낼 정도였으니 생리 이야기는 더했다. 동급생들 사이에서는 우리 반에 생리를 하는 사람이 누가 있느냐는 식으로 불편한 호기심이 팽배해 있었다. 보건 교사는 남자아이들을 운동장에 내보내고 여자아이들끼리 따로 모아 성교육을 시켰다. 난자가 정자를 만나 수정란이 된다는 이야기였다. 창의 커튼까지 다 내리고 한 수업이었다. 커튼이 들쳐지고 한 학생이 고개를 불쑥 내밀면 교실에 앉아 있는 학생들은 소리를 질렀다.

실은 나는 그때 생리를 하고 있었다. 모르는 척 듣고 앉아 있었다. 누가 생리를 하는지 모르겠다고 같이 시치미를 떼고 대화를 하느라 등골이 서늘했다. 1980년대 중반 경상북도의 한 지방 학교에서였다. 동네 슈퍼마켓에서 파는 '후리덤'이 처음 본 생리대였다. 그로부터 십 년이 지나서야 생리대 광고가 텔레비전에 처음 나왔는데 그때만 해도 생리대 광고를 공중파로 내보내도 되는 거냐고 왈가왈부할 때였다.

어머니는 내가 첫 생리를 할 때 사온 '후리덤'을 보고 파는 생리대를 가까이서 처음 보았다. 가게 주인이 남이 보면 안 된다고 까만 비닐봉지에 둘둘 말아 준 물건이었다. 어머니는 내게 면 생리대를 쓰라고 했다. 그게 돈도 들지 않고 몸에도 훨씬 좋다고 말이다. 그 말이 맞다 치더라도 티가 나는 두툼한 면 생리대를 하고 수업을 듣는 건 곤혹스러웠다. 어머니가 쓰는 면 생리대는 그냥 천 기저귀였다. 수업 시간에 칠판 앞에 나가 문제라도 풀라치면 죄다 내 뒷모습만 보는 것 같아 집중이 잘 되지 않았다.

치마를 입는 날에는 마음이 좀 더 편했다. 바지처럼 몸의 윤곽이 보이지 않기 때문이었다. 하지만 기합으로 엎드려뻗쳐를 할 때 치마를 입고 온 날이면 난감했다. 그런 날엔 차라리

바지가 더 나았다. 벌을 받으면서 치마를 입는 건 싫었다. 자라는 몸과 마음을 응원하는 무언가가 치마 속에는 있었다.

동생은 원피스를 입지 않았다. 초등학교에 입학한 다음부터 남학생들이 여학생들의 치마를 자꾸 들춰서 힘들었다고 했다. 담임 교사에게 문제를 말했지만 "걔가 널 좋아해서 그러는 거야" 하고 가볍게 넘기는 바람에 화가 머리끝까지 났다고 했다. 남학생들의 불쾌한 공격을 피하려고 그 후 아예 치마를 입지 않았다. 동생은 치마를 입으면 자신을 보호할 수 없다는 생각을 하고 있었다. 이제 나는 남자 친구들과 같이 뛰어다니는 걸 멈추었고, 가슴이 나오는 걸 들키지 않으려고 등을 숙이고 어깨를 굽힌 채 책상 앞에 앉아 있었다.

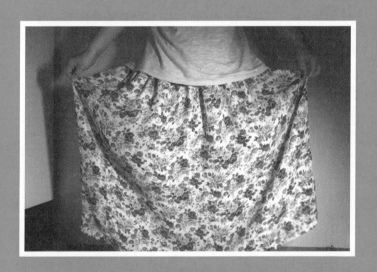

# 벽에 붙은 그림 한 장

초등학교를 졸업하고 여자중학교에 들어갔다. 위태위태한 감정의 줄다리기도 끝이 났다. 학기 초에 가정 교사가 생리를 하는 사람은 손을 들어보라고 했다. 아무도 손을 들지 않았다. 나는 초등학생 5학년 때 생리를 시작했다. 운동회 날이었다. 만국기가 하늘을 가로질러 펄럭였고, 그 아래에서 하얀 줄을 그은 운동장을 열심히 달리고 있었다. 아랫도리가 따가웠고 배가 아팠다. 결승선에 도착하고 나서 화장실에 달려갔다. 속옷에는 고약처럼 까맣고 끈적한 자국이 이리저리 나 있었다.

가끔 부모님은 나를 쳐다보며 서로 눈짓을 하곤 "이제 시작할 때가 됐는데" 하고 속삭였다. 하지만 정작 나는 생리에 대해 학교나 집에서 제대로 들어본 적이 없었다. '큰일이 생겼구나, 죽을병에 걸렸나보다' 하고 생각했다. 이제 죽는다고 생각하자 되레 마음이 차분해지고 슬퍼할 어머니를 위로해야겠다 싶었다. 내 말을 듣고 어머니가 별말 없이 무표정하게 서 있었다. 아무렇지 않게 서랍을 열고 자신이 쓰던 면 생리대를 쑥 내밀었다. 그렇게 생리를 시작했는데, 초반에 예정일이 불규칙하고 통증이 심했다. 진통제를 먹고 이부자리에 누워 있으면, 아버지는 끙끙 앓는 딸을 보는 게 불편했는지 "그게 그렇게 힘든 일이냐?" 하고 핀잔처럼 말했다.

한번은 어머니가 나보고 생리를 잘하고 있냐고 물었다. 그때 마침 생리 중이어서 속옷 안에서 천을 빼내 어머니에게 보여주었다. 어머니는 안색이 변하더니 "이런 건 남한테 보여주는 게 아니다!" 하고 싸늘하게 말했다. 어머니의 날 선 반응을 마주치고 얼떨떨해졌다. 어머니한테는 생리대를 보여줘도 괜찮을 줄 알았다. 어머니는 쉬쉬하면서 생리대 포장지 하나라도 잘 싸서 버려 남의 눈에 띄지 않게 해야 한다고 했다. 생리와 그에 관련한 물품은 남의 눈에 감추어야 한다고 했다.

어릴 적에 단칸방 한구석에는 금속 요강이 있었다. 변소가 밖에 있어 나는 방 안에서 요강에 앉아 오줌을 눴는데, 어느 날 그 요강 뚜껑을 열어보니 새빨간 물이 고여 있었다. 뭔지 몰랐지만 그걸 번번이 본 기억이 있다. 나중에 이웃 할머니가 하는 이야기를 들어보니, 천 생리대를 요강 속에 넣어두면 오줌에 피가 지워지고 비누칠해 물에 빨면 깨끗하게 되었다고 했다. 물도 아끼고 일도 더는 일이었다. 어머니도 천 생리대를 요강에 넣어두었나보다.

우리 집에 있던 개의 몸에서 나온 핏자국이 마당의 보도 블록에 남았다. 어느 날 개가 개집 밖으로 나오지 않았고 조막만 한 강아지들이 그 배에 매달려 젖을 빨고 있었다. 개가 밥을 먹지 않아 어머니는 애를 태웠다. 어머니는 개가 해산을 했다면서 미역국을 끓여 국밥을 개에게 주었다. 강아지들은 눈을 뜨지 못했다. 어떤 개는 어미에게 물렸고 어떤 개는 저절로 죽었다. 어느 날 강아지들이 모두 사라졌고 개도 사라졌다. 부모님은 아무 말 하지 않았고 나도 묻지 않았다.

어쨌든 가정 교사는 침묵하는 학생들에게 생리에 대해 실제적인 걸 가르쳐주기 위해 별렀다. 반장들에게 시중에 파는 생리대를 하나씩 사오라고 시켰다. 개별 포장된 일회용 생리대가 나올 때였다. 서울내기로 지방의 사립학교에 온 가정 교사는 사명감에 차 있었다. "이제 모두 생리대를 써야 할 때가 온다"며 교단에서 생리대를 펼쳐 들고 흔들었다. 가정 교사는 어떻게 포장지를 뜯고 펼쳐 접착제 부위를 속옷에 붙여 쓰는지 하나하나 설명해주었다. 그 뒤로 나는 이제 면 생리대는 안 쓰겠다고 어머니에게 선언했다. 어머니는 실쭉해 보였지만 학교에서 그렇게 하라고 했다는 말에 반대는 하지 않았다.

가정 교사는 수업 시간에 학생들의 등을 하나하나 만지고 찰싹 때리면서 "왜 브래지어를 안 했냐!"고 야단을 치기도 했다. 가슴이 처지지 않고 바로 자리 잡으려면 일찌감치 브래지어를 착용해야 한다고 했다. 브래지어 검사를 받는 것처럼 생리를 하는 차례가 학생들에게 다가왔다. 누가 생리를 하는지 여전히 수군거림이 있었지만, 전보다 한풀 꺾인 듯했다. 이제는 누가 갑작스런 생리를 잘 맞지 못했는가가 타깃이 되었다. 수업 시간 때 갑자기 생리가 시작되어 쉬는 시간에도 걸상에 내내 앉아 있었다는 친구들 이름이 들먹여졌다. 가정 교사는 속상해하면서 "그런 일이 있으면 수업 중에라도 나가서 양호실에서 생리대를 달라고 하라"고 가르쳐줬다. 하지만 수업 중에 손을 들고 나가는 건 꽤 용기가 필요한 일이었다.

중학생 때도 나는 원피스를 이따금 입고 갔다. 나는 변하지 않을 거라고 나이 든 선생님과 속으로 약속했다. 걸상은 딱딱했다. 걸상은 길쭉한 나무토막들을 못으로 듬성듬성 박아 만들어져 살이 배겼다. 못이 튀어나와 찔릴 때도 있었다. 더 참기 어려운 건 그 걸상에 앉아 있을 때가 아니라 그걸 들고 서 있어야 할 때였다. 걸상을 쳐들고 일제히 벌을 서야 했을 때였다. 십 대 학생들이 꾸중을 들을 일은 많았다. 교실이 시끄럽다거나 청소가 제대로 되어 있지 않다거나 교사에게 말대꾸를 했다거나 숙제를 제대로 안 했다는 것 전부 다 꼬투리가 되었다. "모두 걸상 들어!" 교사가 말하면 "아후!……" 하는 한숨과 반항기 섞인 탄성이 나오다 이내 잠잠해졌다.

원피스를 입은 날에는 아무 일도 없었으면 싶었다. 그날 걸상을 높이 들고 나니 작아진 치마가 쳐들렸다. 윗도리는 몸에 끼어서 팔을 들기 불편했다. 치마는 무릎 위에 올라가고 팔을 제대로 뻗지 못해 걸상을 기우뚱하게 들었다. 몸에 작아진

원피스를 철 지나게 입은 내 모습이 그 누구보다 우스꽝스러웠다. 앞에 선 남자 교사가 그 모습을 보고 히죽 웃었다. 말 없는 웃음 앞에서 수치스러웠다. 나는 변했다. 내가 변하고 싶지 않다고 변하지 않는 게 아니었다. 그런데도 나는 그게 억울했다.

그날 이후 나는 원피스를 입지 않았다. 대신 청바지나 헐렁한 티셔츠나 품이 큰 단색 잠바를 입고 다녔다. 머리도 단발로 잘라 대충 빗질을 하거나 머리띠를 하고 다녔다. 어머니는 더 이상 원피스를 사주지도, 필요하냐고 묻지도 않았다.

어른이 되었다. 졸업을 하고 직장을 다니고 결혼을 하고 아이를 낳았다. 집을 구하고 돈을 벌고 새로운 사람들을 만나고 곧 헤어졌다. 어떤 친구는 부자가 되었고 어떤 친구는 가난했다. 어떤 친구는 행복해졌고 어떤 친구는 불행해졌다고 했다. 하지만 시간이 지나자 그 차이는 점점 좁혀졌고 남아 있는 시간 앞에 궁색하게 한 움큼으로 쪼그라든 엇비슷한 삶들만 있었다.

부모님은 오래 살던 단독주택을 떠나 아파트로 이사했다. 새 아파트에 가보았다. 서울에서 아이를 키우고 일하느라 고향에 자주 들러보지 못했다. 어머니가 쓰는 안방 벽에서 그림 한 장을 보았다. 오래된 스케치북에서 찾아내 벽에 붙였다고 늙은 어머니가 말했다. 그 그림은 초등학교 5학년 미술 시간에 내가 그린 수채화 그림이었다.

수업을 마친 뒤 청소 시간의 모습이었다. 책상을 교실 뒤로 밀고 걸상은 책상 위에 거꾸로 올려놓았다. 열심히 마룻바닥을 비질하는 아이가 있는가 하면 삼삼오오 모여 웅크려 수다를 떠는 아이들도 구석에 있었다. 눈썹을 치켜세우고 그 아이들 앞에서 잔소리하는 부회장도 있었다. 밀대로 마룻바닥을 미는 아이가 그 뒤로 지나가고, 칠판을 닦고 나서 분필 지우개를 탕탕 맞부딪혀 터는 아이도 있었다. 그리고 맨 왼쪽 자리 창가에서 걸레로 유리창을 닦는 아이가 있었는데 그건 나였다. 분홍색 원피스를 입고 있었다. 치마는 크게 그려져 있었고 분홍 바탕색이 마르기 전에 무늬를 찍어서 흰 점무늬들은 색깔이 번져 있었다. 아이는 원피스를 입고 창가에 서서 옆얼굴로 싱긋 웃고 있었다. "봐라, 예쁘지?" 어머니는 잃어버린 어린 딸을 가리키며 내게 물었다.

## 타오르는 교복

고등학교에 들어가서 처음 교복을 입었다. 이런 옷을 입고 학교에 내내 다니라는 거냐고 구시렁거렸다. 중학생 때 사복으로 등교해서 편한 복장에 익숙해진 데다, 그동안 치마를 자주 입은 편도 아니었다. 고등학교의 교복 치마는 여름이고 겨울이고 달랑 회색뿐인 치마들이었다. 물론 차이는 있었다. 여름 치마는 폭이 넓고 연한 색이었는데, 겨울 치마는 좀 더 빳빳했고 폭이 좁았다. 얼마나 좁았냐면, 다리를 한껏 벌려도 치마가 가로막아 뛰지도 못하고 오종종하게 걸을 수밖에 없는 모양새였다. 그런 걸음을 어른들은 얌전해 보인다고 썩 선호했다.

짧은 쉬는 시간에 이 반 저 반 친구들을 찾아 뛰어다니기 바쁠 때면, 치마허리를 몇 번 접어 길이를 깡총하니 짧게 만들어 돌아다니곤 했다. 어떤 친구들은 긴 치마가 무릎을 가리는 게 촌스럽다고 부러 멋을 내려 치마허리를 더 접어 올렸다. 등교 시간에 교문에 늘어선 생활지도부가 눈을 부릅뜨고 찾아내려는 것도 치마를 남몰래 짧게 올리고선 동급생들 틈에 묻혀 슬그머니 등교하는 학생들이었다. 붙잡혀 쥐어박히고 나서도 뒤돌아서면 혀를 쏙 내밀고 치마 허리춤을 다시 올리는 질긴 학생들이었다.

여름 치마도 통풍이 잘 안 되고 거칠고 탁한 색이어서 마음에 들지 않았지만, 겨울 치마의 불편함에 견줄 건 아니었다. 치마 안에 속바지나 거들, 내의 같은 걸 입는다 해도 무릎 아래로는 까만 스타킹 외에 다른 걸 입을 수 없었다. 강풍이 몰아치든 흰 눈이 내리든 맨다리에 스타킹을 신고 다니다 보면 고문이 따로 없었다. 한겨울에도 왜 여학생이 치마를 입고 다리까지 꼭 내놓고 다녀야 한다고들 생각하는지 어른들의 머릿속을 알 수 없었다. 치마 속에 체육복 추리닝 바지를 입어 곧잘 욕을 먹는 학생들은 용감한 편이었다. 보통은 스타킹을 두 켤레 신고 흰 양말을 따로 신고 흰 실내화를 신었다.

이따금 털 실내화를 신는 학생도 있었는데 개중엔 커다란 동물 머리 모양을 한 실내화를 신은 경우도 있었다. 호랑이 머리 모양 실내화 앞쪽엔 발톱 모양까지 삐죽삐죽 나 있었다. 치마와 스타킹 차림에 거대한 호랑이 신발을 신고 으르렁거리듯 터벅터벅 걸어다니면 꼴 보기 싫다는 교사의 잔소리가 따라붙었다. 하지만 "이 호랑이가 아니면 발이 시려 죽겠다"고 그 학생이 엄살을 피우는 통에 어쩔 수 없이 교사가 항복해버린 적도 있었다.

고등학생 때는 밤 열 시까지 의자에 앉아 야간자율학습을 했다. 친구들은 생리를 하는 걸 "아이엔지한다"고 말했다. 영어의 현재진행형 끝말을 따서 생리 중이라고 둘러 표현했다. 어떤 교사는 특정 자리를 지목하며 "쿰쿰한 냄새가 난다, 생리대를 자주 갈아라" 하고 꼬집었다. 이렇게 어떤 아이들은 모멸적인 지적을 당하며 의자에 앉아 아픈 배를 움켜잡고 생리를 하며 한밤까지 앉아 있었다. 몸때를 들키는 건 종일 여럿이서 갇혀 있다 보니 어쩔 수 없이 생겨나는 일이었다. 친구들끼리 생리대를 한두 개씩 빌려주는 일도 흔했다. 빌린 건 다음에 갚기도 했지만 굳이 갚지 않아도 되었다. 자신도 언젠가 그렇게 남에게 빌려줄지 몰랐기 때문이다.

　이따금 화장실의 큰 거울 앞에 몸을 돌리고 서서 옷에 얼룩이 묻지 않았나 확인을 했다. 다른 친구들에게 뒷모습을 보여주며 "나 지금 생리하는데 피 묻었어?" 물을 때도 있었다. 어떨 때는 교실 뒤에서 줄지어 말뚝박기를 하다가, 한 친구가 다른 친구에게 옷에 얼룩이 졌다고 알려주기도 했다. 앞 친구의 사타구니에 머리를 박고 줄줄이 허리를 숙인 채 한 명이 달려 그 등 위에 턱 올라타는 놀이를 보고 교사들은 기겁을 했다. "제발 여학생답게 놀아라!" 학생들은 그런 말을 듣고도 눈을 찡긋하곤 그만이었다. 뛰느라 붉어진 얼굴로 치마를 추켜올렸다.

　아침 조회 시간은 고역이었다. 날씨가 쌀쌀해지면 땅은

딱딱하게 굳고 갈라졌다. 발과 다리가 시려웠다. 단상 위에 선 관리직 교사는 이런 엄동설한에 학생들을 줄지어 세울 수 있는 자신의 권한을 잘 알고 있었다. 자족한 듯 목을 움츠리고 교탁을 짚으며 거들먹거리는 말투로 말했다. "아침 조회 때 훈화말과 여자 미니스커트는 짧을수록 좋다고 했다. 이상 끝!……" 딴에는 일찍 말을 끝내준다고 생색을 내는 소리였지만 학생들은 들을 때마다 불쾌함에 몸서리를 쳤다. 평교사들은 난감해했다. 치마 길이가 짧다고 교문 앞에서 단속하는데 단상 위에서는 치마 길이가 짧을수록 좋다는 소리 따위를 해대며 서로 엇박자를 냈다.

조회를 마치고 교실로 우르르 올라오는 학생들은 서로 어깨를 부딪기도 하고 발을 밟기도 했다. 맨 아래 계단에서 실내화로 갈아신으려 하니 혼잡이 더했다. 실내화는 꼭 운동장 맨 아래 계단에서 갈아신어야 하고 교무실이 가까이 있는 중앙계단은 학생들이 사용해서는 안 된다고 했다. 학생들은 더 부딪히며 귀퉁이로 몰려다녔다.

교사들은 수업 시간에 학생들을 혼동했다. 교사들의 눈에는 이 반의 커트머리가 저 반의 커트머리와 닮았고, 이 반의 단발머리는 저 반에도 있는 단발머리와 동일해 보이는 듯했다. 공부를 썩 잘하거나 눈에 띄는 학생이 아니라면, 교사들은 학생들의 이름을 종종 잘못 부르거나 착각을 했다. 하지만 친구들끼리는 그럴 수 없었다. 종일 앉아 있는 학생들의 눈에 옷의 허물이란 모두 벗겨져버리게 마련이다. 친구들의 모습이 서로의 눈에 에누리 없이 들어왔다. '저 애는 피아노를 잘 친다더라, 저 앤 벌써 다른 고등학교 다니는 남자 친구가 생겼다더라, 저 애는 자기 반찬은 안 먹고 돌아다니며 집어 먹는 깍쟁이다, 저 앤 늘 말이 없지만 자존심이 강하다.' 동급생들은 교사들과 다르게 누구 하나라도 얼굴을 혼동하는 법이 없었다.

가끔은 쪽지가 돌아다녔다. "저 애가 너한테 주라고 했다"고 직접 건네지는 쪽지도 있었다. 어떨 땐 앞에서부터 뒤로 차례로 전해져 주인에게 다다르는 정체불명의 쪽지들도 있었다. 노트나 연습장을 찢어 거듭 접어 풀리지 않게 매듭을 지은 쪽지의 겉면엔 이름이 쓰여 있었다. 그 이름의 당사자를 향해 친구들이 모두 손을 보태 쪽지를 전달했다. 수업 시간이고 쉬는 시간이고 여러 쪽지가 교실에서 돌아다니곤 했다.

펼쳐 보면 그 안에 하트가 그려져 있고 색연필로 색깔이 칠해져 있기도 했다. "우리 우정 변치 말자" 같은 말도 낯간지럽게 쓰여 있는가 하면, 좀 더 심각하게는 "너와 영원한 벗이 되고 싶어" 같은 애절한 글귀도 있었다. 누군가 답장을 써서 보내면 여러 손들은 우체부 노릇을 하느라고 또 바쁘게 움직였다. 진심 어린 쪽지를 받고도 짐짓 모른 척하면, 나중에 쪽지를 보낸 당사자가 씩씩거리며 면전에 찾아와 분통을 터뜨리면서 시작하지도 않은 만남에 영원한 절교를 선언했다. 가끔 쪽지가 분실되면 호기심을 못 이긴 우체부들 중 하나가 꿀꺽한 것으로 추측되었다.

그 교복 치마를 입고 있는 친구들도 서로를 좋아할 줄 알았다. 그들 중 내 눈에 들어온 친구 하나가 있었다. 얼굴이 유난히 희고 말이 없고 늘 책을 끼고 다녔으며 가끔 유식한 말로 다른 친구의 기를 죽이는 것을 은근히 즐기는 친구였다. 남들은 건방지다고 흉도 보았지만, 단지 다른 친구들과 달라 보인다는 이유 하나로 나는 그 친구를 눈으로 좇았다. 아침 조회를 마치고 나면 계단을 먼저 뛰어 올라가 그 친구가 계단을 천천히 올라오는 모습을 오래 지켜보곤 했다.

아무리 똑같은 검은색과 회색이 넘실거려도 그 친구의 빛은 변함없었다. 가느다란 몸을 서두르지 않게 움직여 걸었다. 뺨 아래로 늘어뜨린 단발머리는 칼날처럼 반짝이며 찰랑댔다. 나는 그 친구가 웃는 모습이며 다른 친구와 잡담하는 모습을 동경하듯 지켜보았다. 그 친구는 내 앞을 대부분 무표정하게 지나쳤지만 가끔 싱긋 웃어주었다. 우리는 똑같은 교복을 입고 있었고, 네모난 학교에 죄수처럼 갇혀 밖으로 나올 수 없었다. 서로의 색까지 알아보기엔 함께할 시간이 너무 없었다. 하지만 그 친구는 웃으며 내가 서 있는 계단 맨 윗자리까지 올라와 잠시 멈췄다.

둘 다 말없이 있었다. 나는 그 친구에게 할 말을 줄곧 생각했지만, 아무 생각이 나지 않았다. 그 친구도 묵묵히 내 곁에 서 있었다. 잠시 시간이 지나자 그 친구는 벌써 나를 잊어버린 듯했다. 그녀는 하늘을 똑바로 올려다보았다. "뭐 해?" "해를 쳐다보는 거야. 해를 봐서는 안 된다고 하니까, 나는 해를 계속 볼 거야." 그 옆에서 나도 잠깐 해를 똑바로 마주 보았던가. 눈이 캄캄해지고 어지러워져 나는 곧 고개를 떨구었다.

그 친구는 여전히 해를 보고 있었다. 그만하라고 눈이 상하겠다고 내가 말해도 그 모습으로 굳은 채 서 있었다. 차츰 어질거리는 내 시야에 연기가 피어올랐고 나는 친구의 눈이 돋보기처럼 햇빛을 모아 회색 치마를 태워버리고 있는 것을 보았다. 그 눈이 번쩍거리며 해처럼 빛나는 것을, 우리의 눈에만 보이는 거대한 불길이 에워싼 모든 회색들을 활활 태워버리는 것을 보았다.

# 평생의 단 한 벌

나의 이모는 수녀였다. 어릴 적 겨울에 어머니와 같이 이모를 만나러 간 적이 있다. 이모가 수녀가 되는 허원식을 축하해주러 파란 잠바를 입고 목도리를 하고 갔다. 수녀가 된 이모는 잔잔하게 웃는 얼굴을 하고 서 있었고, 내 팔엔 이모에게 줄 꽃다발이 안겨 있었다. 큰딸이 수녀가 된 날, 양단 두루마기를 입고 온 외할머니는 의례적인 행사가 이제 끝났다고 여겨 "집에 가자"고 말했단다. 외할머니는 이 행사가 끝나면 딸이 다시 집으로 돌아온다고 생각했다. 이모는 외할머니에게 "오늘이 결혼식 날인데 내가 어딜 가요?" 하고 대답했단다. 하느님의 뜻과 맺어진 날을 '결혼식'이라고 알려주었다. 그제야 외할머니는 이모가 다시는 자신의 딸의 자리에 돌아올 수 없다는 사실을 알았고, 헤어지는 아픔에 휩싸였다.

그즈음 이모가 보낸 편지는 맨 윗줄에 십자가가 그려져 있고 '나의 주님'이나 '찬미 예수님' 같은 말로 시작되었다. '주님'이라는 호칭은 정말 가족을 일컫는 양 친근하게 다가왔다. 다섯 살이었던 나는 아기가 어떻게 생기는지 궁금해했다. 철없이 어머니에게 물었다. "엄마, 아기는 어떻게 생겨?" "하느님이 하늘에서 보시고 필요한 여자에게 주는 거야." "어떻게 알고 줘?" "그 사람이 하느님한테 기도를 하면 주는 거야." 하늘에서 얼른얼른 보고 여자들한테 아기를 준다면 실수도 할 수 있을 것 같았다. "그럼 수녀님한테도 아기가 생길 수 있어?" 그 말을 듣고 어머니는 나를 똑바로 쳐다보며 버럭 화를 냈다. "그런 일은 절대 없어! 그런 말을 하면 안 돼!" 나는 궁금한 걸 물었을 뿐인데 심한 꾸짖음을 듣고 삐쭉했다.

이모는 일 년에 한 번 휴가를 왔다. 우리 집에 이모가 온다고 하면 내 방은 비워지고 깔끔히 정돈되었다. 아버지는 성직자인 처형을 위해 몸소 방 청소를 했다. 작은 상 위에 성경한 권을 올려놓는 것도 아버지의 배려였다. 키가 작은 이모는 몸가짐이 조용하고 말투도 온건하고 상냥했다. 남을 배려하는 태도가 항상 몸에 배어 있었다. 그리고 부지런했다. 모처럼 휴가를 와도 방에서 대접받고 있지 않았다. 식사를 한 다음엔 제일 먼저 그릇을 치우고 앞치마를 두르고 설거지통 앞에 섰다. 이모는 언성을 높이거나 감정을 드러내는 법 없이 늘 경건하고 성실한 모습으로 지냈다. 어떨 땐 일주일씩이나 지내다 갔지만 이모가 수녀복을 벗는 모습을 본 적이 없었다. 머리 두건도 벗지 않았다. 어머니와 다른 이모들은 꼬불꼬불한 파마머리를 했는데 이모의 머리는 어떻게 생겼는지 몹시 궁금했지만 대놓고 물을 수 없었다.

"나도 수녀가 될까?" 이모가 떠나고 난 뒤 혼잣말처럼 중얼거렸다. 그런 나를 쳐다보는 어머니의 표정엔 기쁨이 어려 있었다. 어머니는 철없는 말을 듣고도 반대하는 기색이 없었다. 당황한 건 오히려 내 쪽이었다. 신앙이 깊은 사람들이 품게 되는 기대와 설렘이 그 미소 안에 담겨 있었다. 어머니는 진지하게 내게 대꾸해주었다. "그건 하느님 뜻대로 되는 거야. 사람이 자기가 성직자가 되고 싶다고 되는 게 아니야. 하느님이 불러야 갈 수 있는 길이야. 하느님이 너를 부르시던?" 나는 고개를 얼른 저었다. "그럼 이모는 하느님이 불렀어?" "응, 이모는 하느님이 불러서 수녀가 된 거야. 이모는 하느님과 약속했어."

어머니 말대로 성당에 열심히 나가고 초등학생 때 첫영성체를 받고 성경책을 읽고 성가를 불렀지만 하느님이 정말 있을까 하는 생각이 들었다. 천지창조 이야기도 꾸며진 이야기 같이 들렸다. 멀리 있는 성당에 가는 게 귀찮아질 무렵, 수녀님이 교회 주일 학교 시간에 초등학생들에게 말했다. "천사가 성당에 오는 사람들의 발자국을 뒤에서 늘 세면서 따라오고 있어. 그 발자국 수가 많을수록 천국에 가는 거다." 나는 그 말을 듣고는 동생의 손을 잡고 발자국에 힘을 더 꾹꾹 주며 성당에 갔다. 어머니가 성화를 부려서 가지 않을 수도 없었다.

성인이 되어 내가 결혼을 미루고 하고 싶은 일을 하자 집에서는 걱정이 태산이었다. 혼기가 찬 딸이 염려돼 은근슬쩍 중매 자리도 입에 올렸다. 개중 유일하게 지지해준 친척 어른이 이모였다. "결혼하지 않고 하고 싶은 일을 하면서 세상에 봉사하는 일도 좋은 거다." 이모는 그 한마디로 내 삶과 선택을 지지해줬다. 결혼하지 않고도 여성이 의지대로 살아갈 수 있다는 것을 이모는 자기 삶으로 보여줬다. 한편 어머니는 내 결혼이 늦어지자 "친정에 수녀가 있어서 네 딸이 그걸 본보기로 삼고 결혼을 안 하는 거 아니냐?"는 시댁 어른의 원색적인 험담까지 들어야 했다. '교육을 받고 구세대와 다른 삶을 시작한 젊은이들이다. 이제 결혼이 필수는 아니다'라고 방어해주는 걸 어머니에게 기대하는 건 무리였다. 내가 서른 살에 가까워지자 이제는 더 늦출 수 없으니 결혼하라는 압박이 전방위적으로 다가왔다. 어머니의 하소연까지 덧붙여지면서 나는 헷갈리는 궁지에 몰렸다.

나와 결혼하고 싶어 하는 사람이 생기고 내가 결혼에 대해 선택해야 하는 상황이 되었다. 내가 결혼을 덜컥 결심했을 때 이모는 그 또한 축하해주었다. 수녀원에 매인 이모는 참석하기 어려웠을 텐데 일부러 결혼식장에 잠시 들러주었다. 이모는 평생 고아들을 보살폈다. 그날도 자신이 돌보는 아이 하나를 데리고 왔다. 그 어린아이는 마치 내가 이모의 특별한 결혼식 때 그랬던 것처럼 붉은 꽃다발을 안고 왔다. 아이는 흰 원피스를 입고 있었다. 어린 내가 꽃다발을 들고 이모와 사진을 찍은 것처럼 그 낯선 여자아이는 꽃다발을 안고 나의 결혼식 사진 앞줄에 찍혀 있었다. 이모는 식사도 하지 않고 그 아이의 손을 잡고 곧 자리를 떠났다. 나는 어쩐지 울컥해서 웨딩드레스를 입은 채 그 뒷모습을 바라보고 서 있었다. 이모처럼 살고 싶었다. 의지가 굳고 순수하고 헌신적인 사람.

하지만 이모에게도 그동안 내가 몰랐던 명랑함과 취미가 있었다. 더 나중에 노년의 이모와 이야기하면서 나는 이모가 서부영화를 좋아한다는 걸 알았다. 이모는 몇십 년 전의 젊은 시절에 본 영화와 가요들을 지금도 줄줄이 기억했다. 알고 있는 노래도 많을뿐더러 수녀원에서도 노래를 종종 불렀다. 이모는 속이 상한 일이 있으면 그 자리에서 노래 한 곡을 부르고 풀어버린다고 했다. 그뿐 아니라 연극 때는 다른 수녀가 맡기 어려워하는 악역도 맡아 했다고 했다. 오징어 다리를 질근질근 씹으며 노래하거나 "어디 한 놈 걸리기만 해봐라!" 하고 외치는 악당 역을 썩 잘해내서 관객들이 포복절도했다고 했다. 그래, 어떻게 수녀원에 기도와 침묵만 있겠는가? 웃으면서 생기 있게 그 말을 하는 이모의 얼굴이 반짝였다. 내가 모르는 이모의 또 다른 모습들이 얼마나 많을까.

이모는 늘 회색 수녀복을 입고 있었다. 알고 보니 그 옷은 공업용 천으로 만들어졌다. 이모는 싸고 질기고 거친 공업용 천으로 만든 수녀복을 사시사철 입고 다녔다. 그 한결같은 옷

아래에서 계절이 지나가듯 이모의 청춘과 기쁨과 슬픔이 무늬 없이 스쳐 지나갔다. 이모는 농담을 했다. "검은 수녀복을 입으면 수녀도 더 날씬해 보인다!" 회색보다 검은색이 곱다고 아쉬워하는 소리다. 가려진 몸도 바라는 것이 있을 때가 있다고 슬쩍 고백하는 그 솔직하고 인간적인 웃음이 나는 좋았다.

하지만 친척들조차 수녀님은 항상 수녀복을 입고 있는 거라고 여겨 그 옷이 때를 타건 땀에 젖건 눈여겨보지 않았다. "이 옷을 한번 빨았으면 좋겠는데……" 휴가 내내 입고 있는 수녀복을 내려다보며 이모가 한마디 했다. 그때 나도 그 말을 별생각이 없이 흘려들었다. 친척인 우리조차 수녀복을 경건하게 대했다. 그 옷이 여행에서 먼지와 땀에 더러워졌을 거라고는 아무도 생각하지 않았다.

언젠가 내 방 벽에 걸린 수녀복을 마주한 적이 있었다. 이제 칠순이 넘은 쇠약한 이모는 휴가차 여름에 와서 그때 잠시 다른 빈방에서 모처럼 가벼운 차림으로 잠이 들었나보다. 그동안 보아온 수녀복을 처음으로 손대어 만져보았다. 천은 뻣뻣하고 거칠었다. 올은 굵어 보였고 별다른 장식도 없었다. 단지 치맛주름을 내느라 직선들이 몇 줄 나 있을 뿐이었다.

이 옷이 이모의 한평생이었다. 이 옷을 입기 위해 부모 형제를 떠났고 결혼이나 사랑의 꿈도 접어버렸다. 밤낮없이 이 옷을 입고 누추한 곳으로 달려갔으며 그곳에 버려진 아이들을 안고 씻겨주고 먹여주고 빨래를 했다. 치마를 뒤집어보니 그 안은 온통 누덕누덕 기워져 있었다. 덧댄 천과 바느질 자국이 이어져 있었다. 가슴이 철렁했다. 통풍이 잘 안 되고 거친 이 옷 한 벌도 아끼고 기워가며 버틴 시간이 바느질 자국마다 어려 있었다. 그 바느질 자국이 꼭 십자가들 같다.

이모가 키워낸 그 아이들은 나중에도 수녀원을 찾아와 자기를 길러준 '엄마 수녀'를 찾았다. 조금이라도 예쁘게 보이려고 엄마 수녀에게 머리를 땋아달라고 보채고, 밤에 잠들지 못해 웅크려 울면서 엄마 수녀를 찾았다고 했다. 사춘기 때는 엄마 수녀에게 무섭게 대들기도 하고, 수녀가 엄마처럼 해줄 수 없는 자리에 울음을 터뜨리기도 했다. 그들이 고등학교를 마치고 집을 떠날 때 어떤 모습이었는지 이야기할 때 이모는 눈물을 글썽였다. 어쩌다 부모를 만난 아이들은 뒤돌아 가면서도 수녀를 엄마라고 불렀다. 수녀원 안에도 세상살이를 할 때와 마찬가지로 희로애락과 상처와 고통이 있다고 이모는 말했다.

인생에서 한 가지 약속을 하는 건 어려운 일이다. 그 약속을 끝까지 지킨다는 건 더 어려운 일이다. 이모는 그 일을 해냈다. 아이들의 울음과 내밀던 손들을 다 안아주지 못했다고 지금도 목소리 끝이 떨리지만 그녀는 그 일을 끝까지 해냈다. 가슴안에서 일어나는 북받치는 감정을 한 겹 수녀복 안에 다 삭이고 한 걸음씩 떼었다. 이모는 아버지를 병으로 잃고 큰딸로서 가족을 부양한 적이 있었다. 이모는 비상飛上했다. 현실적 질곡 때문에 더 나은 가치를 상상하기 어려웠던 그때, 자신이 갈 길을 스스로 선택했다. 가난을 원망하고 물질적 욕망을 채우려고 질주하는 대신 수녀복을 입었다. 수녀복을 방패 삼아 어두운 곳, 위험한 곳을 마다하지 않고 뛰어들어 숨어 있던 더 작은 손들을 붙잡았다.

이 수녀복 한 벌은 그녀가 몸에 걸친 핑계이자 삶의 알리바이이자 약속의 징표였다. 이모는 자신의 삶을 살아냈다. 수녀복은 그녀의 삶을 최소한으로 남들에게 납득시키고 눈길을 끌지 않게 하는 보호색이었는지도 모른다. 나는 그 누더기 수녀복을 마주하고 그만 울어버렸다. 사진 속에 남아 있는 갓 수녀가 된 젊은이의 얼굴이 떠올라서인지, 기필코 다 걸어낸 그 먼 길에 대한 존경 때문인지, 아무도 기억하지 못할 한 사람의 가슴속 눈물과 고통 때문인지, 내 앞에 아직 놓여 있는 길의 아득함 때문인지 그 울음의 이유는 다 알 수 없었다.

## 이제 필요 없어요

그 겨울, 내가 서울에 있는 대학에 합격했을 때 부모님은 기뻐했다. 아버지는 대학에 가서 입을 옷들을 당장 사주어야 한다고 어머니에게 일렀고, 다음 날 어머니는 나를 데리고 시내로 갔다. 그때까지 나는 주로 어머니가 골라준 옷을 입었다. 검은색과 회색 옷이 대부분이었다. 이번에도 다르지 않아 어머니는 턱밑까지 가려지는 검은 티나 갈색 티를 여러 벌 사주었다. 나도 옷에 별로 관심이 없는 데다 안목도 없어서 어머니가 회색 바탕에 검은 줄이 난 재킷까지 골라 들 때 그냥 끄덕이기만 했다. 우리는 당시 시내에서 제법 큰 가게였던 랜드로바 구두 매장에도 들렀다. 어머니가 나와 함께 고른 구두는 볼이 넓고 사각 무늬가 있는 갈색 구두였다. 굽이 낮으니 신기 편할 거라고 했다. 종업원이 "요즘 아가씨들은 이런 걸 신는다"며 뾰족구두를 쳐들어 보이자 어머니는 "얘가 사치를 안 해요" 하고 자랑스럽게 대답했다.

내가 어머니가 사준 옷을 입고 친척 모임에 갔을 때 외가 친척 하나가 어머니한테 말했다. "너는 딸을 수녀같이 길렀구나." 어머니는 으쓱했고 나는 그런 말을 듣고도 싫다고 말하지 않고 웃어넘겼다. 그 딸이 객지에 나간다니 부모님은 속으로 걱정이 이만저만이 아니었다. 아버지는 내가 운동권 대학생이 될까봐 염려하며 미리 훈수를 두었다. 대학에 가서 술을 마시면 안 된다고, 바지를 입을 때 꼭 허리띠를 차야 한다고도 말했다. 마지막으로 "사람을 너무 믿지 말라"고 당부했다. 염려와 애정이 담긴 눈이었다. 아버지의 인사가 그 정도에 그쳤다면 어머니는 좀 더 현실적인 문제에 부닥쳤다. 딸이 서울에서 생활할 수 있게 근거를 확보해주는 게 어머니의 몫이었다.

대학 생활이 어떤 것인지 어머니는 알 수 없었다. 외할아버지가 병으로 일찍 돌아가시는 바람에 공장에 다니며 돈을 벌어야 했던 어머니는 대학에 가본 적이 없었다. 그래서 딸이 앞으로 어떤 생활을 하게 되고 무엇을 필요로 하게 될지 눈앞에 그려지지 않았다. 하지만 자식이 서울에 있는 대학에 간다는 건 딸의 꿈을 이루고 부모인 자신의 꿈도 이루는 일이었기에 어머니는 막중한 책임감을 가졌다. 일단 어머니는 객지살이를 할 때 학생이 단정해 보여야 한다고 생각했고 그에 걸맞은 옷과 구두를 사주었다. 검은 핸드백을 사주더니 대학생은 이 핸드백 말고 어떤 가방이 더 필요한 거냐고 내게 물었다. 아마 나머지는 손에 들고 다니면 될 거라고, 텔레비전에서 보니 캠퍼스에서 대학생들이 그렇게 다니더라고 나는 대답했다. 내 딴에는 어머니가 더 신경을 쓰지 않게 하려고 한 대답이었다.

서울로 가던 날, 어머니는 기차 안에서 눈을 붙이지 않고 거의 말도 하지 않은 채 굳은 얼굴로 앉아 있었다. 앞으로 펼쳐질 시간과 자신이 해야 하는 역할에 대해 골똘하게 생각했다. 딸이 아는 사람 없는 서울에서 어떻게 지낼지 지레 염려하는 건지도 몰랐다. 청량리역에 새벽에 도착했다. 너무 이른 시각이라 가로등 불빛 아래 오가는 사람들이 드물었다. 기차에서 내리니 허기가 졌다.

어둑한 청량리역에 내려서 갈 데가 없게 되자 어머니는 두리번거리더니 맞은편에 있는 제과점을 향해 내 손을 잡고 성큼성큼 걸어갔다. 버스가 다닐 시간이 될 때까지 그곳에서 추위도 피하고 안전하게 있을 요량이었다. 가게 한가운데에 몸집이 큰 나이 든 주인이 난로를 앞에 끼고 앉아 있었다. 어머니는 냉큼 그 곁에서 난로를 쬐며 주인의 말 상대가 되어 자기 이야기도 늘어놓았다. 무료했던 주인은 처음 보는 손님에게 자기 집안 내력을 줄줄이 이야기했다. 어머니는 촌에서 지금 올라왔다며 나를 가리키면서 우리 딸이 공부하러 서울에 왔다고 자랑 섞어 이야기를 했다.

접시에는 체면치레로 시켜놓은 작은 빵 두어 조각이 군색하게 놓여 있었다. 나는 그 빵을 조금씩 베어 먹으며 궁금해했다. 처음 보는 여자들끼리 한자리에 앉아 살아온 내력을 거리낌 없이 털어놓고 금방 웃음소리를 내는 게 어떻게 가능한지를. "저런, 저런" "그렇지요. 그랬겠어요" 하는 추임새와 함께 이야기는 끝도 없이 이어졌다. 재킷을 입은 나는 고개를 숙이고 갈색 구두 끝을 심심하게 비벼대고 있었다. 마음 같아서는 혼자 다니고 싶었지만 지갑을 쥔 어머니의 뒤를 따르면서 "낯선 사람한테 말 좀 걸지 말라"고 이따금 투덜대고 인상을 쓰는 게 다였다.

어머니는 모르는 사람에게 곧잘 붙임성 있게 말을 걸었다. 그렇게 해서 낯선 길이나 동네의 정보를 얻는 데 능했다. 식당에 앉아서도 옆 테이블에 앉은 사람들에게 다짜고짜 인사하며 말을 건네는 식이었다. 목욕탕에 가서도 아기들을 칭찬하며 젊은 어머니들과 말을 텄다. 어머니는 원체 사람들을 가리지 않고 좋아했지만 다른 한편으로 그건 어머니가 세상살이를 하는 방편이기도 했다. 어머니는 책을 보고 지식을 얻는 게 아니라 끊임없이 이웃과 어울리며 그때그때 필요한 지식과 경험을 쌓았다. 서울에 왔으니 서울 사람들과 안면을 트고 인사하면서 말을 섞는 게 수였다. 어머니는 남자건 여자건 가리지 않고 생판 낯선 이들에게 계속 말을 걸었다.

기숙사가 있다는 정릉으로 가려면 몇 번 버스를 타야 하는지, 버스는 몇 시부터 운행하는지 같은 소소한 질문들을 어머니는 해댔다. 그런 말 다음엔 우리 딸이 대학에 합격했다는 소개가 으레 곁들어졌다. 상대가 어느 대학에 합격했냐고 물으면 기다렸다는 듯 대학의 이름을 말했다. 그리고 "나는 촌에서 올라와서 아무것도 몰라요. 와보니 서울은 눈이 핑핑 돌아가는 게 정말 눈 감으면 코 베어갈 곳이네요" 같은 말을 슬쩍 농으로 했다. 길을 걷는 내내 나는 어머니에게 핀잔을 주기 일쑤였다. 낯선 이가 호기심 어린 시선으로 나를 훑어보는 것도 창피했다. 그런 어머니가 싫어서 뒤쪽에 거리를 두고 따라가는데도 어머니는 개의치 않았다.

어머니는 서울 지리는 아무것도 모른다면서 우리를 확 낮추고 상대를 치켜올려 우쭐하게 만들었다. 그런 인사치레의 대가로 필요한 정보를 상대에게서 선선히 얻어내곤 했다. 어머니가 상냥한 목소리로 웃으며 모으는 내용은 자잘했다. 식당이 어디에 있고, 교통편은 어떻게 되고, 자취방들은 어디에 모여 있고, 방값은 어디가 싼가 하는 것들이었다. 어머니는 이 모든 행동이 자신이 어머니이기 때문에 하는 일이라는 걸 한껏 강조해서 말끝에 나를 끌어들였다. 그건 사람들이 자신을 함부로 하지 않고 존중하면서 말을 하게 하는 방법이기도 했다.

첫 버스를 타고 정릉에 갔지만 너무 이른 시간이라 기숙사 문은 닫혀 있었다. 어머니는 주위를 둘러보다가 이번엔 경찰서로 들어갔다. 모르는 곳에서는 경찰서가 제일 안전할 거라고 했다. 어머니의 청에 당직 경찰관은 떨떠름해했지만 안으로 들어와도 된다고 했다. 난로 앞에 손을 쬐며 나는 고개를 푹 숙였다. 경찰관의 눈에 나는 세상 물정 모르는 풋내기였다. 그는 "이 동네에도 산동네 판잣집에서 힘들게 사는 사람들이 많다"면서 "번듯한 기숙사에서 지낼 수 있는 건 운이 좋은 것"이라고 했다. 어머니는 기숙사에 대한 걱정까지 그 앞에서 늘어놓으며 맞장구를 듣고 있는 참이었다.

내가 자리를 잡은 후로도 어머니는 종종 나를 보러 서울에 올라왔다. 그럴 때면 어머니를 마중하러 청량리역에 나갔다. 기차역 앞에는 캐주얼 의류 매장이 있었다. 어머니는 나를 보면 옷부터 사주고 싶어 했다. 입고 있는 옷이 얇아 보인다느니, 낡아 보인다느니 하는 소리를 하며 여기에 잠깐 들어가보자고 손을 끌고 매장에 갔다. 옷을 파는 다른 곳을 딱히 알지 못하니 필요한 옷들은 본 김에 그곳에서 다 사는 거였다. 기숙사가 춥다고 했더니 오리털로 채워진 연두색 파카를 사서 잘 때 껴입고 자라고 했다. 봄가을에 입을 체크무늬 남방과 연한 색 잠바도 샀다. 흰 티셔츠는 여러 벌을 마련했고 청바지도 필수였다. 나중에 친구들이 네 옷은 왜 다 비슷한 스타일이냐고 물었다. 그때까지 취향이란 걸 몰랐던 나는 친구들의 닦달에 숙녀복 매장도 가보고 패스트푸드점에 앉아 화장하는 법도 배웠다.

어머니는 나중에 내가 학교 앞에 자취방을 구할 때도 나서서 활약했다. 이제 기본적인 틀은 잡아주었다고 한숨을 돌렸다. 남은 건 먹을 것이었다. 어머니는 쌀자루를 넣은 배낭을 메고 김치통을 양손에 들고 서울로 직접 올라오기 시작했다. 택배가 없던 시절이어서 어머니가 몸으로 실어 날랐다. 김치나 쌀이 떨어졌냐고 묻는 건 주된 대화 내용이었다. 그뿐 아니라 고추장이며 된장, 멸치와 김 같은 것도 어머니와 함께 올라왔다. 어머니는 다리를 절뚝이면서 허리를 펴지 못하고 먹을 것을 날랐다. 주변 사람들에게 딸이 서울에서 공부한다고 자랑을 했다. 한번은 서울에 오는 버스 안에서 김칫국물이 흘러 기사의 눈총을 받고 온 적도 있었다. 어머니는 치마로 그 김칫국물을 받았다. "기사님, 제가 치마로 막아서 바닥을 더럽히지 않을 테니 걱정 마세요." 어머니는 몇 시간을 그렇게 젖은 치마 차림으로 묵묵히 쭈그려 왔다. 나는 그 김치를 먹고 쌀로 밥을 지어 먹으며 학교를 다녔다.

위층에 사는 집주인이 감탄할 만큼 어머니는 집안일에 억척이었다. 한번은 변기가 막혔다고 무심코 말했더니 어머니가 변기를 뚫겠다고 바로 상경한 적도 있었다. 어머니는 고장 난 형광등을 갈고 난방용 스티로폼을 벽에 붙이고 창문에 비닐을 치고 커튼을 달았다. 잠시 일을 구해 번 돈으로 텔레비전을 사서 부치곤 만족해했다. 어머니는 내 자취방에 오면 팔을 걷어붙이고 청소를 했고 요리를 시작했다. 전기밥솥이 칙칙거리며 구수한 냄새를 풍기고 냄비가 자글자글 끓는 소리를 냈다. 도

마질 소리가 크게 나고 빨랫거리가 넘쳐났다. 그러면서 어머니는 내가 한 번도 인사한 적 없는 옆집 부부와 말을 트고 인사했다. 어머니가 오신 날엔 집은 말끔하고 떠들썩해졌다.

하지만 정작 어머니와 할 말이 없었다. 국어국문학과에 다니며 나는 책을 읽었고 작가가 되는 것을 꿈꾸었다. 어머니는 책장에 꽂힌 책을 보면 "책을 사지 말고 돈을 벌 궁리를 해라!" 하고 타박을 주었다. "서울은 사람 살 데가 못 된다. 공기도 안 좋고 교통도 복잡하고……" 입버릇처럼 말하며 어머니는 바닥에 흩어진 책을 구석으로 치웠다. 단칸방에 어머니가 와서 며칠씩 활개를 치면 나는 오갈 데가 없어진 기분이 들었다. 책을 읽을 수도 전화를 할 수도 없었다. 정 혼자 있고 싶을 때는 화장실에 들어가 있었다. 어머니는 집을 샅샅이 뒤져 냉장고 뒤에서 담뱃갑을 찾아내기도 했다. 그걸 눈앞에 들이대며 네 것이냐고 다그쳤다. 술병이라도 굴러다니면 기겁을 했다. 친구들이 자취방에 와서 놀다 놓고 간 거라고 둘러대면 의심쩍은 눈으로 나를 훑어보았다. 어머니는 내가 받은 편지까지 샅샅이 뒤졌고 내가 따져도 미안해하는 기색이 없었다. 자식은 부모 말을 들어야 하고 부모는 자식의 보호자라는 생각 때문이었을 것이다.

학년이 올라갈수록 어머니와 거의 대화가 되지 않았다. 어머니는 내가 어떤 사람인지 궁금해하기는 할까 싶었다. 진로를 어떻게 정하고 직장을 어떻게 구해야 하는지 나는 혼자 판단해야 했다. 교우 관계가 어떻고 첫사랑이 어떻게 시작되었는지 같은 건 어머니의 관심사 밖의 이야기일 것이다. 요즘 읽고 있는 소설책이나 내가 쓴 습작 같은 것도 어머니의 눈길을 끌 리 없었다.

어머니의 유일한 관심사는 나의 몸이 지켜지는 것이었다. 쌀과 옷과 집이 나의 몸을 제대로 지탱해주는지 점검하는 일을 자신의 역할로 삼았다. 집에 물이 새지 않고 난방이 잘되는지, 쌀독에 쌀이 비지 않고 김치도 있는지 어머니는 확인하러 서울에 왔다. 옷과 쌀이 넉넉하다는 것을 확인하면 어머니는 뒤돌아보지 않고 내려갔다. 만사가 잘되어간다는 확신에 차서 빈 배낭을 메고 단호히 뒤돌아섰다. 내가 배웅이라도 할라치면 "추운데 나올 것 없다!" 모진 소리를 하고 휙 돌아서서 걸어갔다. 그건 내가 어머니를 진심으로 반기지 않았다는 데 대한 서운함의 표시였다. 멀어지는 어머니의 뒷모습을 보면 나는 알 수 없는 죄책감에 휩싸였다. 김치 한 통이면 된다고, 쌀 한 말이면 더 걱정할 것 없다고, 어머니 자신의 삶이 그랬다고, 딸의 삶도 그럴 거라고 확신하며 돌아서는 어머니의 등을 보면 말하고 싶었다. 아니에요, 그게 다가 아니에요. 나한테는 그게 다가 아니에요. 그게 인생의 전부일 리 없어요. 그러면 알지 못할 외로움을 느꼈다. 어머니의 뒷모습이 모퉁이를 돌아 가버릴 때까지 나는 오랫동안 그 자리에 서 있었다.

나중에 어머니가 지나치듯 말했다. 딸이 대학에 들어가 어떻게 사는지 알 수 없어 가슴이 철렁할 때가 많았다, 통화가 제대로 되지 않으면 이런저런 생각에 뜬눈으로 뒤척이다 서울에 올라가보기도 했다, 딸이 추레해 보여 가슴이 아팠다, 다른 집 자식들은 어머니한테 미주알고주알 속을 털어놓는다는데 자기 딸은 말을 하지 않으니 어미로서 신경이 쓰였다, 대신 방 안에 굴러다니는 구겨진 쪽지라도 펴보면서 딸의 마음을 추측했다.

내가 쓰던 습작은 대부분 어머니에 대한 것이었다. 그 소설 속에서 딸은 자신에게 정말로 일어난 일을 어머니가 모른다고 하면서 원망했다. 어머니는 평범해 보이는 자취방에서 내가 얼마나 위태롭게 청춘의 고비를 넘기고 있었는지 몰랐을 것이다. 내가 어른이 되기 위해서는 어머니를 떠나야 했다. 몸은 그렇게 행동했지만 마음까지 그렇게 되기에는 더 오랜 시간이 필요했다. 어머니의 모든 애정이 내 발목을 붙잡는 것 같아서 나는 뿌리쳤다. 어머니는 대화가 끊긴 자리에서, 딸이 더이상 어머니에게 마음을 열지 않는 자리에서, 필사적으로 딸을 맴돌고 자신의 방식대로 딸을 지켜내려고 노력했다.

언젠가 어머니는 집에서 편하게 입으라고 자신의 치마를 꺼냈다. 그러자 아버지가 그런 걸 누가 입냐고 집어넣으라고 소리쳤고 나도 싫다고 했다. 어머니는 군소리 없이 치마를 서랍장에 도로 넣으며 나를 잠깐 올려다보았다. 스무 살 대학생이 된 딸에게 자신의 치마는 필요 없게 되었다. 어머니의 눈은 빛나고 있었다. 웃고 있었을 뿐 아니라 동경마저 깃들어 있었다. 그때 어머니는 자랑스러워하고 있었고 '자기보다 머리가 좋은' 딸이, '자신을 닮지 않아' 똑똑한 딸이 새로운 삶을 시작할 수 있다는 데 기뻐하고 있었다. 어머니가 가본 적 없는 미래에 가 있는 딸이 눈앞에 서 있었다. 어머니는 그 치마를 넣은 서랍을 기꺼이 굳게 닫아버렸다.

3

# 치마가
# 부풀다

## 자기만의 방에서 벌어지는 일

자기만의 방을 가지고 싶었다. 고향에서 살면서 한 번도 나만의 방을 가진 적이 없었다. 고향 집에서는 방이 세 개인데 식구는 다섯 명이었기 때문에 어머니와 막냇동생이 안방을 쓰고 아버지가 건넛방을 쓰고 나와 동생이 작은방을 함께 썼다. 작은방은 입시시험 때까지 줄곧 공부해야 하는 방이었다. 부모님이 이따금 문을 열어 딸들이 잘 공부하는지, 잘 자는지 확인하곤 했다.

부모님은 걱정했다. 집과 학교를 시계추처럼 다니는 게 세상의 전부였던 딸이 타향살이에 잘 적응할 수 있을까 싶었기 때문이다. 정작 나는 설렘과 기대가 컸기에 걱정되는 일은 없었다. 어머니는 대학교에서 버스를 타고 한참 가야 하는 곳에 있는 여자 기숙사를 물색했다. 수녀들이 운영하는 기숙사였다. 세 명의 학생이 한 방을 쓰고 수녀들이 입실과 퇴실을 관리했다. 그곳은 부모님이 보기에 딸이 객지살이하며 지내기에 딱 맞춤한 곳이었다.

주중 아침저녁 식사는 제공되지만 주말 식사는 추가로 돈을 더 내야 먹을 수 있었다. 나는 추가 비용의 부담을 부모님에게 알리기 싫어 주말에는 굶거나 컵라면으로 때우곤 했다. 공용 전화기는 복도 벽에 붙어 있었다. 오는 전화가 되도록 없었으면 한다고 수녀들이 일렀다. 일주일에 한 번 담당 수녀가 각 방의 옷장을 검사하고 정리가 잘 되어 있지 않은 방에 단체로 벌점을 매겼다. 규칙으로 정해놓은 입실 시간을 어기거나 외박을 하면 일주일 동안 강제로 쫓아내겠다고 엄포를 놓았다.

학과 선배들이 신입생 환영식을 연 날, 학교 앞 주점에서 난생처음 먹은 소주 몇 잔에 그만 취해버렸다. 선배들이 내미는 술잔을 쭉 들이켜버린 게 화근이었다. 취기가 나중에 오는 건지 모르고 건네주는 술을 물처럼 마셨는데, 입학생이 잘 마실수록 주변에서 박수를 치고 소리를 질러댔다. 그 흥겨운 분위기 때문에 더 기를 쓰고 마셨는지 모른다. 집을 떠났는데 사람들이 내 주변에 둘러싸고 있는 것 같은 느낌에 취해버렸다.

어쨌든 학기 초에 있었던 그 일 때문에 나는 단박에 수녀들의 눈총을 샀다. 이튿날 벌써 소문이 나버려서 지하 식당에 식판을 들고 줄을 서 있으니, 기숙사생들이 나와 거리를 두고 말을 붙이지 않으며 자기들끼리 수군댔다. 앞에서 수녀 한 명이 "술에 취해 늦게 들어오는 학생은 용서할 수 없다"고 공개적으로 말했다.

나는 속으로 샬롯 브론테의 소설 《제인에어》를 생각했다. 그 소설에는 혹독한 자선 학교가 나온다. 십 대 때 세계문학 전

집을 읽어서 현실을 외국 소설의 주인공이 겪는 일에 곧잘 견주어보았다. 지금은 빅토리아 시대가 아니다. 정숙한 여성, 규칙을 따르는 여성, 수녀들에게 순종하는 학생이라니. 도대체 이게 어찌 된 영문인가 싶었다. 대학교와 기숙사는 다른 세계에 속해 있는 것 같았다. 한 학기만 다니고 부모님을 설득해 그곳을 나왔다.

그 뒤 운 좋게 대학교 기숙사에 들어갔다. 식사가 푸짐하고 공용세탁실이 넓다는 게 인상적이었지만, 그곳에서도 유독 여학생에게만 통금 시간이 엄격히 적용되었다. 한방을 세 명이 같이 썼는데 그중 선배가 방장이라는 이름을 달았다. 방장은 기숙사에서 부여받는 권위를 가지고 후배들에게 규율을 강조했으며 이따금 잔소리도 서슴지 않았다. 방의 조원들도 자기들끼리는 편하게 말을 트면서도, 방장은 깍듯이 대하며 지냈다. 새로 방에 들어오는 조원은 사다리를 타고 올라가는 불편한 이 층 침대를 써야 했다. 방장은 편한 자리의 침대를 단독으로 썼다. 새벽에 깨어 화장실에라도 갈라치면 방장이 잠을 방해받았다고 신경질을 내서 참아야 할 때도 있었다.

기숙사에서 지내는 학생은 술자리에서 종종 놀림감이 되었다. 입실 시간에 맞춰 후다닥 일어나 가는 모습 때문이었다. 입실 시간에서 10분만 늦게 도착해도 벌점이 매겨졌다. 그 자리에서 사유서를 쓰게 하고 그걸 우편으로 학부모들에게 바로 보냈다. 입실 시간에 세 번 늦으면 군말 없이 퇴실을 시켰다. 학기 초반에 들어가기 어려웠던 기숙사에 학기 중반부터 자리가 슬슬 생겨나는 건 퇴실당한 학생들이 늘어났기 때문이다.

부모님은 대학교 기숙사에서 나온 딸에게 잔소리를 하고, 다시 학교 후문 쪽에 있는 하숙집 하나를 구해주었다. 비탈진 골목 안쪽에 있는 낡은 한옥집이었다. 작은방이 대여섯 개 있었고 방마다 학생들이 두세 명씩 살고 있었다. 하숙집 주인도 자식이 대학 다닐 때 서울로 올라왔다고 했다. 자식이 취직한 뒤에는 집을 대학생들의 하숙집으로 쓰면서 생활한다고 했다.

화장실은 밖에 떨어져 있어 공용으로 썼고 그 안에서 목욕이며 세탁까지 해결했다. 전화기는 마루의 벽에 하나 달려 있었는데, 혹시 전화가 오면 방 안까지 소리가 들리니 숨죽여 통화해야 했다. 한밤에 이성 친구가 전화를 했다 하면 단박에 하숙집 주인의 눈살이 찌푸려졌다. 사생활이 보장되지 않았다. 학생들이 자주 들고나는 통에 같이 방을 쓰는 이의 얼굴은 종종 바뀌었다. 나와 방을 쓰던 이는 동갑내기 학생이었다. 둘 다 말이 없는 편이어서 묵묵히 이부자리를 펴서 각자 방에서 잠만 자고 나갔다. 하숙집도 편치 않다 보니 종일 학교를 배회했다. 하숙집에서 저녁밥이 나왔지만 대부분 집을 비워 몇 명만 자리를 지켰다. 주인아주머니는 기껏 밥을 차렸는데 왜 들어와서 먹지 않냐고 잔소리를 했다. 그러면서 식구들과 휴가갈 때는 나보고 자기 대신 밥 좀 차려달라고 슬쩍 청을 넣기도 했다.

잠자리가 있고 밥을 굶지 않으니 다른 고학생들보다 상황이 나은 편이었다. 한 친구는 옥탑방에 살고 있는데 방값을 내고 나면 식비가 없어 종일 굶는다고 했다. 내가 계란 한 판을 사들고 가서 전해준 적이 있었는데 그 자리에서 서른 알을 다 부쳐 먹었다고 했다. 과외며 학원 강사 아르바이트를 해서 살아가는 친구들은 늘 지친 모습을 보였다. 학비 낼 돈이 부족하다고 급하게 연락이 오면 친구들이 용돈을 쪼개 보태주기도 했다. 서울에 가족과 살고 있었지만 갑갑한 집을 나와 독립해 제대로 된 방을 가지고 싶다고 하는 친구도 있었다.

혼자 쓰는 방. 그건 아무나 가질 수 없는 특권이었다. 특히 여성들한테 그랬다. 평생 가족에게 시달리며 자기만의 시간과 공간을 가져본 적 없는 어머니는 꿈도 못 꾼 이야기였다. 시집살이를 하고 대가족을 챙기며 농촌에서 고달프게 산 고모들도 자기만의 방이 없었다. 불안한 결혼 생활을 하면서 돈을 벌기 위해 늘 일하고 산 이모들에게도 자기만의 방은 멀리 있는 이야기였다. 나는 운 좋게 나 자신이 되었고, 나만의 방을 꿈꾸었다. 낯익은 과거는 어쩐지 내 곁에 아주 가까이 있어서 돌아서면 바로 붙잡혀버릴 것 같았다. 그래서 나는 멀리멀리 달아나고 싶었다. 나만의 것이 가능한지 알아보고 싶었다. 자기만의 방을 가질 수 있는지 시험하고 싶었다.

학교를 졸업하고 일 년쯤 고향에서 시간을 보내다 상경해 취직을 했다. 서울에서 방을 하나 구했다. 운이 좋은 편이었다. IMF 사태 때문에 일자리가 많이 없을 때였다. 지인의 소개로 출판사에 편집자로 취직을 했는데 한 달 월급이 70만 원이었다. 방세 20만 원을 내고 나면 생활하기에도 빠듯한 돈이었다. 세탁기와 냉장고는 확성기를 틀고 지나가는 트럭에서 중고 물품으로 샀지만 곧 망가져버렸다.

부엌에는 타일벽에 수도꼭지 하나만 달려 있었다. 턱이 있는 자리에 가스레인지를 놓고 전기밥솥을 놓았다. 목욕을 할 때는 새시 문 유리창에 달력을 붙여놓고 막음을 한 채, 바가지에 물을 받아 몸에 끼얹었다. 내 방은 원래 집주인의 짐 창고였다. 내가 방을 구해 들어올 때도 집주인이 자기네 짐을 그냥 구석에 두고 지내라고 했다. 그 소리에 내가 그렇게 할 수 없다고 반대하니 군소리를 하며 짐을 끄집어내주었다.

자기만의 방은 생각보다 초라했지만 그 안에는 자유도 있었다. 어쨌든 태어나 처음으로 가지는 독립된 방이었다. 그 방에서 마음대로 잠을 자거나 책을 읽을 수 있었고 친구를 초대해 같이 식사를 할 수도 있었다. 몇 시간이고 마음 놓고 전화를 할 수도 있었다. 하지만 혼자 아플 때도 있었다. 통장 잔고를 염려하고 새로 구할 직장 걱정에 벽에 등을 기대고 우두커니 앉아 있기도 했다.

그 방에서 나만의 진짜 인생을 시작했다. 책상과 의자를 사면서 나는 생각했다. 이곳에서 오직 쓰리라. 아무도 없는 이 방에서 방해받지 않고 오직 글만 쓰면서 살아가리라. 모든 것이 단순해 보였고 나는 나와 마주하고 있었다. 어려움이 닥치더라도 이 방이 남아 있는 한 나는 잘해나갈 수 있다. 나의 세계를 만들고 지켜나갈 수 있다. 이 방과 함께 나아갈 수 있다. 나는 그렇게 생각했다.

버지니아 울프는 1929년에 〈자기만의 방〉이라는 에세이를 썼다. 그 작품은 1970년대에 페미니즘의 관점으로 재평가되면서 화제를 불러일으켰다. 1990년대 초반 한국의 고등학생이었던 나는 그 책의 제목을 처음 들었다. 그 제목과 메시지는 우리 또래에게 강한 인상을 주었다. 왜냐하면 1980년대에 성장기를 거치며 나와 친구들은 굶주려 있었기 때문이다. 나자신이 되는 것에, 개인이 되어 내 몫의 존중을 받는 것에. 우리 앞에는 지도가 없었다. 서구의 작가에게 얼핏 전해 들은 '자기만의 방'은 우리 현실까지 가늠하게 하는 좌표였다.

친구들끼리 술잔을 기울이며 원하는 대로 쭉 걸어가보라고 서로 격려했다. 졸업을 하고 직장을 바로 구하지 못해 난감할 때, 대접이 보잘것없는 직장에서 커피 심부름을 하면서 속상할 때, 물이 새는 허름한 방에서 새벽에 뜬눈으로 뒤척일 때,

속으로 다짐했다. 이 자리야말로 그 '자기만의 방'이라고. 어떻게든 반드시 이 방을 지켜야 한다고.

책 표지 사진으로 본 버지니아 울프는 모자를 쓰고 하트무늬가 있는 긴 드레스를 입고 길에 서 있었다. 그 차림으로 런던을 가로질러 걸어갈 때 당사자인 울프는 몰랐을 것이다. 100년 후에도 자기만의 방을 꿈꾸는 여성들이 도시를 가로지르며 자신을 떠올리고 있을 거라는 걸. 그들이 자기만의 방을 지키고자 그녀의 말을 따라 세계의 곳곳에서 분투한다는 것을.

버지니아 울프는 셰익스피어에게 누이가 있었다면 어땠을지 상상해보라고 책에서 말했다. "그녀는 여러분 속에 그리고 내 속에, 또 오늘 밤 설거지하고 아이들을 재우느라 이곳에 오지 못한 많은 여성들 속에 살아 있습니다. 그녀는 살아 있지요. 위대한 시인은 죽지 않으니까요. 그들은 계속되는 존재들입니다. 그들은 우리 속으로 걸어 들어와 육체를 갖게 될 기회를 필요로 할 뿐입니다. 이제 여러분의 힘으로 그녀에게 이런 기회를 줄 수 있는 가능성이 커지고 있습니다."*

그녀는 그 조건으로 연간 500파운드와 자기만의 방을 들었다. 스스로 생각을 용기 있게 표현하며, 사물을 그 자체로 보

---

* 버지니아 울프, 《자기만의 방·3기니》, 이미애 옮김, 민음사, 2006, 171쪽.

고, 남자와 여자의 세계만이 아니라 우리가 관계 맺은 리얼리티의 세계를 직시하라고 조언도 했다. 나는 내 앞에 놓인 새 세계를 만났고 나의 눈과 귀로 보고 들었으며 경험을 관통해 겪어내려고 했다. 방에서 몸이 미끄러져 나와 우화羽化하는 한 마리 나비처럼 세상으로 사뿐히 날아오르기를 꿈꾸었다.

# 분홍 핀이 떨어진 길

옥상 의자에 앉은 그의 뒷모습이 보였다. 나는 열린 문으로 이어진 안쪽 사무실에 앉아 있었다. "무얼 보고 있어요?" 물어보았다. 충무로에 있는 낡은 빌딩 5층에서였다. 대학생인 그와 나는 야학 일을 하느라 가끔 마주쳤다. 그는 구름을 보고 있다고 했다. "나도 같이 봐도 돼요?" 내 물음에 그는 선선히 그렇게 하라고 대답했다. 세 살 위인 그는 내게 선배뻘이었다. 나는 사무실에 남는 의자 하나를 들고 나가 그 곁에 앉았다. 한여름이었고 푸른 하늘에는 커다란 흰 구름이 보기 좋게 떠가고 있었다. 그는 고개를 쳐든 채 아무 말이 없었다. 여름의 구름은 한껏 위풍당당해 보였다. 새하얗게 빛나는 부분과 그늘진 굴곡이 자세히 보이는데, 또렷한 윤곽은 변함이 없었고 위로 치솟은 모양새였다. 구름은 자신의 길을 유유히 가고 있었다.

그처럼 나도 별말 없이 앉았다. 그가 구름을 보는 것을 방해하고 싶지 않았다. 나 또한 무언가 우두커니 보는 것을 즐겼다. 하지만 평소와 달리 나는 그가 곁에 앉아 있다는 것을 뚜렷이 의식했다. 이따금 그 눈이 나도 좀 봐주었으면 좋겠다고 속으로 은근히 바랐다. 그가 곁에 같이 앉아 있다는 사실에 편안

함을 느꼈다. 그는 내가 있다는 것은 신경 쓰지 않고 감탄하는 듯한 표정으로 하늘을 올려다보고 있었다. 부드러워진 눈빛과 오므린 입을 하고 만족스러운 듯 여름의 하늘을 바라보고 있었다.

야학 옥상은 곧잘 대학생들과 공장 일을 마치고 온 학생들의 휴식 공간이 되었다. 기타를 치면서 민중가요를 부르거나 고기를 굽고 술잔을 나누거나 구석에서 담배를 피우면서 격렬하게 토론을 하는 모습도 눈에 띄었다. 노동자를 위한 야학은 어떻게 교육 방향을 정립해야 하는가, 기존 입시 교육과 다른 내용을 어떻게 담보해낼 것인가 하는 말들을 쉽사리 듣곤 했다. 주로 몇 년씩 이곳에서 활동하면서 새로운 교사들을 맞이하는 선배 교사들이 그런 말로 다그쳤다. 하지만 새로 온 교사들은 성향이 다양했다. 학생회 활동을 하면서 야학 활동도 적극적으로 하는 이도 있었지만 단순히 봉사 활동을 하려고 오는 이도 있었다.

나는 선배 교사들이 제대로 하라고 다그치면 어정쩡하게 주눅이 드는 편이었다. 그는 개의치 않고 자기 할 일만 하고 가는 편이었다. 나이도 있고 군역도 마친 그는 회의 때 별말 없이 자리를 지키고 앉아 있었다. 사람들 틈에 적극적으로 끼려고 노력하진 않았지만 이따금 농담을 하면서 분위기를 맞출 줄도 알았다. 남들 노래를 귀담아듣지 않았지만 음정이 맞지 않는 노래를 자기 혼자 끝까지 태연하게 부를 정도로 흥을 즐길 줄은 알았다. 대체로 그는 입을 꼭 다물고 상체를 꼿꼿이 한 채 앉아 있었는데 그 반듯한 모습을 보면 항상 주변과 거리를 두고 있다는 느낌이 들었다.

그가 좀 더 요령 있게 사람들과 완급을 조절하며 자기 식대로 살아가고 있었다면 나는 좌충우돌하는 편이었다. 선배들이 야학의 존재 이유에 대해 목청을 높이면 내가 무언가 부족한가 싶어 자책하기 일쑤였다. 열심히 수업을 준비하고 행사 일을 맡아 하다가, 학생들의 날 선 말과 갈등에 휘청거리는 일도 잦았다. 나는 좀 더 사명감을 가져야 한다고 자신을 채찍질했다. 반대로 그는 근엄한 권위 같은 건 딱 질색이라고 했다.

이전 세대의 가치를 비판하고 조롱해버리는 그가 나는 신기했다. 맞는 말에 주눅 들지 않고 자기가 하고 싶은 말을 더 내세우는 그가 낯설었다. 그는 자기가 하고 싶은 게 뭔지 알고 있는 사람 같았다. 반면 나는 열심히 활동했지만 해야 할 것들의 목록만 늘어갈 뿐 하고 싶은 게 뭔지는 정작 잘 알 수 없었다. 한두 해가 지나며 뜻대로 되지 않는 일들이 쌓이자 나는 그만 풀이 죽었다. 다른 사람들과 눈도 잘 마주치지 않고 오갔다.

"넌 웃을 준비가 안 된 것 같다." 그가 나에게 말했다. 나는 그때 나를 위해 살지 말고 세상과 타인을 위해 살아야 한다고 자신을 다그쳤다. 자신을 위하는 일에는 맛있는 걸 먹거나 예쁜 옷을 입거나 좋아하는 사람과 데이트를 하거나 좋은 직장을 구하는 일 같은 것도 포함되어 있었다. 꿈을 꾸면 빈 밥그릇을 내밀고 퀭한 눈으로 올려다보는 아이들의 얼굴이 나왔다. 미술가 케테 콜비츠의 작품집에서 본 판화 〈독일 어린이들이 굶고 있다〉(1924)가 그대로 나왔다.

"그렇게 살지 않아도 될 텐데……" 나를 지켜보는 그의 눈에 안타까움이 어렸다. 나는 멈칫했고 그가 왜 그런 표정을 짓는 건지 잘 알 수 없었다. 하지만 속뜻을 알 수 없는 그 말마디의 진솔함과 표정에 감정이 누그러져 반신반의하면서 다음에 또 얼굴을 보곤 했다. 그는 나를 웃겨주려고 무던히 애썼다. 안타깝게도 그가 하는 농담은 하나도 재미있지 않았다. 남자들 사이에서 떠도는 우스갯소리가 그가 아는 농담의 전부였는데 그 농담을 듣고 웃을 순 없었다. 그는 나를 재미있게 해주어야 한다고 생각했지만 어떻게 나와 만날 수 있을지 그로서도 알 수 없었다. 나는 그를 만나서는 안 된다고 생각했다. 그는 내 말을 듣고 실망감을 감춘 채 지그시 나를 쳐다보며 그래도 한 번 더 만나 이야기해보자고 했다.

그는 여유가 있었고 아무것도 두려울 것 없다는 듯이 상대를 똑바로 쳐다보았다. 나는 어깨를 숙인 채 땅만 내려다보고 걸었지만, 그는 늘 상체를 펴고 걸었다. 가끔 전철 손잡이를 잡거나 우산대를 짚고 비스듬히 몸을 기울여 한쪽 다리를 다른 다리에 엇갈려 설 때도 있었다. 그럴 때는 마주한 무언가를 오랫동안 찬찬히 바라볼 때였다. 나를 그렇게 쳐다보기도 했다. 싱긋 웃고 있는 그에게서 약간의 방심이 느껴졌다. 그 시선이 부담스러울 때도 있었지만 누군가가 나를 강렬하게 보는 눈빛을 떨칠 수 없었다.

그것이 주는 도취감에 나는 그의 세계로 한 발 한 발 다가섰다. 그와 함께 처음 창경궁을 가보았다. 한 바퀴 둘러보다가 함인정에 앉아 그와 나는 다리를 쉬었다. 눈앞에 소나무들이 여러 그루 있었다. 그는 그 나무들에 대해 이야기하고 싶어 했다. 나무가 무슨 생각을 하고 있는 것 같지 않냐고, 무슨 명상을 하고 있는 것 같지 않냐고 나에게 물었다. 구름을 쳐다볼 때 그랬듯 그는 오랫동안 나무를 보았다. 주변은 조용했고 서로 다른 모습으로 굽은 소나무들은 고요하게 우리 앞에 서 있었다.

그는 나무를 좋아하는 사람이었다. 함께한 시간 동안 그는 줄곧 나무에 대한 이야기를 했다. 나무에 대해 말할 때 그는 눈이 붉어지고 광채가 나고 말에 열기를 띠었다. 어쩌면 그는 사람보다 나무를 더 좋아하는 것처럼 보였다. 나는 신기했다. 그는 어느 장소에 가든 주변을 둘러보고 나무를 찾아냈다. 그 이름을 나에게 알려주는 것이 대화의 대부분일 때도 있었다. 쪽동백나무니 생강나무니 리기다소나무니 히말라야시더니

111

머슬 트리니…… 그는 나무가 얼마나 신비롭게 생존하고 독립
적이며 다른 생물의 삶을 가능하게 하는지 말했다. 그리고 나
무 앞에 나를 세워놓고 사진을 한 장 찍어주었다. 나중에 그 사
진을 보고 실망했는데, 은행나무가 크게 찍혀 있고 그 아래에
서 있는 나는 작게 나와 있었기 때문이다.

　나와 함께 있을 때도 이 사람은 나무를 바라보고 있구나.
나는 이 사람이 풍경의 전부인데, 이 사람은 그렇지 않구나. 묘
한 실망감이 들었다. 나는 그에게 어떤 존재일까? 나는 왜 그
를 필요로 하는 걸까? 그가 가리킨 것을 보고 그와 같은 것을
느끼려 하는 혼란에서 벗어나고 싶었다. 나는 나무를 그만큼
사랑할 수 없었다. 그의 시선을 신경 쓰고 의식하는 것도 불편
해졌다. 나의 관심사에 집중하고 내가 보고 싶은 것에 눈길을
쏟고 싶었다.

　돌담 벽에는 노란 저물녘 빛이 비추고 있었다. 그는 더 할
말이 없다는 얼굴로 내 곁에서 걷고 있었다. 그와 곧 헤어질 거
라는 예감이 들었다. 혹시 그가 다음 만남을 다짐한다면 어떻
게 대답해야 할까. 나는 마음이 복잡했지만 그는 조금 멍한 얼
굴로 나를 쳐다볼 뿐이었다. 그리고 별말 없이 인사를 하고 뒤
돌아서 갔다. 그 뒷모습을 보며 나는 아쉬웠고 조금 안도했다.
우리의 그림자를 비추던 저녁의 환한 빛은 곧 사라져버렸다.

　그가 어디에서 어떤 모습으로 사는지 나는 모르지만, 아

마 나무와 가까운 곳에 있을 것 같다. 그와 걸었던 모든 길을 기억한다. 도로변에 있는 작은 오르막길도 있었다. 나는 그 길을 일부러 다시 찾아간 적이 있다. 이전에 그는 나의 차가운 손을 잡고 자기 손이 따뜻해서 나에게 해줄 수 있는 것이 있어 다행이라고 말해주었다. 내 손을 잡고 그가 그 언덕길을 올라갔다. 그는 나를 떠나보내기 싫어했고 가까이 두고 싶어했다. 하지만 그는 단 한 번도 사랑한다고 말하지 않았다. 나 또한 그랬다. 그 길을 걸으며 나는 호기심과 두려움, 설렘, 자책감 같은 감정에 흔들렸다. 그와 같이 걸어도 되는 건지, 지금이라도 이 자리를 떠나야 하는 건지, 그가 나를 좋아하는 건지, 내가 그를 좋아하는 건지도 알 수 없었다. 단지 나의 차가운 손을 잡아주는 그 따뜻한 손이 좋아서 그 길을 그렇게 걸었다.

미숙함과 서투름 속에 싸여 있던 것도 사랑이라는 것을 아주 오랜 시간이 지나서 알게 되었다. 그가 찍어준 사진을 다시 꺼내 보았다. 그때 나는 그가 자신이 좋아하는 한 그루 나무처럼 나를 보고 찍어주었다는 것을 깨달았다. 내 머리끝에서 은행나무의 줄기가 이어져 가지를 활짝 펼치고 있었다. 그렇게 그는 나를 한 그루 나무처럼 보아주었다. 그리고 어쩌면 나는 그가 허공에 주던 눈길을 구름 끝에서 나뭇가지 끝에서 내려 마주 본 최초의 사람, 그를 땅으로 연결해준 연인이었는지도 모른다.

길에 무언가가 떨어져 있었다. 외딴 길에 분홍색 리본핀 하나가 떨어져 있었다. 분주한 걸음 탓에 툭 떨어져 주인을 잃은 것처럼 놓여 있었다. 나는 머리핀 앞에 걸음을 멈췄다. 그와 함께 걷던 그때 내 머리에서 떨어진 핀 같다는 생각을 했다. 우리가 자리를 떠난 몇십 년 동안 그 자리에서 맴돌며 기다린 분홍 핀. 연분홍 치마를 입은 것 같은 시절, 스물다섯 살짜리 청년은 처음으로 잡은 연인의 손을 놓지 못하고 충동과 갈망에 성급히 걸음을 뗐다. 나는 누군가의 손과 눈길과 품이 있다는 것이 신기해서 멈추지 않고 함께 걸어갔다. 우리는 서툴렀지만 용감하게 땅에 떨어뜨린 시선을 들고 하늘에 못 박은 시선을 내려 서로 얼굴을 마주보았다. 다행스럽게. 그 모든 서툰 대화에도 불구하고 그 모든 엇나간 의도에도 불구하고 우리는 그 순간 함께했다. 이 자리에서 보이지 않게 빛났다.

친구들은 연애를 했다. 내 친구가 자신에게 애인이 생겼다고 고백했다. 그러더니 자기는 자연피임법을 한다며 오기노법을 들어보았냐고 했다. 빈 대학 강의실에서 친구는 나를 앉혀놓고 배란일과 월경일을 계산하는 법을 알려주고 월경주기에 맞춰 피임을 할 수 있다고 말했다. 하지만 이건 월경이 아주 규칙적인 경우에만 해당하고 실패 확률도 있다는 말도 덧붙였다. 내친김에 그 친구는 성기의 모습이 어떤지도 설명해줬다. 스무 살이 넘도록 그런 말을 들어본 적이 없었기에 몸에 완전히 무지했다. 음핵과 요도와 질과 항문이 따로 있다는 기본적인 사실도 몰랐다. 친구는 '클리토리스'라는 말을 알려주며 그 부분이 자극이 되어야 여성이 쾌감을 느끼는 거라고 말해줬다.

나는 친구의 권유대로 방에서 손거울을 앞에 놓고 쭈그려 앉아 몸을 샅샅이 살펴보았다. 처음 보는 몸의 구석은 낯설어 보였다. 이런 게 내 몸이었다는 것도 이상했다. 그때 처음으로 클리토리스를 만져보았다. 몸이 좀 오그라드는 것 같고 심장이 빠르게 뛰었다. 손끝과 발끝이 저릿저릿한 듯 죄어지는 것 같았다. 감미롭고 황홀한 기분이었다. 이러다 심장이 덜컥 멎거나 죽는 게 아닐까 하는 걱정까지 들었다. 이런 기분의 끝은 어디일까. 그 가을, 나는 내 몸에 처음으로 탐닉했다. 그런 다음엔 두려움이 따라붙었다.

한 친구는 석양이 붉게 물든 교정의 뜰에서 이렇게 말했다. "난 더 이상 처녀가 아니야." 남자 친구가 있다는 건 대놓고 말할 수 있어도, 성관계를 했다는 소리는 아직 터놓고 말하지 않을 때였다. 친구는 대담하게 나를 똑바로 쳐다보고 말했다. '너 같은 모범생은 알 수 없지' 하는 자만과 비웃음도 깃들어 있었다. 내가 당혹감을 꾹 누르고 바라보았더니, 친구는 다시 환하게 웃으면서 말했다. "이 얘기를 누군가에게 꼭 하고 싶었어." 처음으로 육체를 통한 기쁨을 누리고 아무것도 거리낄 게 없다고 당당하게 선언하는 친구였다. 그 얼굴에 지는 해가 빛났다. 하지만 그 속에는 상실감이 어린 쓸쓸함도 스쳐 지나갔다. '처녀'라는 이름에 주어지는 사회의 신화를 알았으므로, 박탈감 때문에 느끼게 되는 감정이었다. 현실 속의 몸과 가부장 신화 속의 몸은 달랐다. 가짜 신화는 그렇게 힘이 셌다. 우리가 얻은 빛나고 소중한 경험을 잃어버린 무언가로 표현하게 만들 만큼.

《페미니스트 라이프스타일》은 다음의 사실을 지적한다. 1990년대 중후반의 핵심적인 이슈는 '나의 섹슈얼리티'였다. 스스로 페미니스트라 주장하는 수많은 개인들이 등장할 때였다. 학교 주변에서는 이른바 처녀막에 대한 공포가 사라진 세대가 등장했다. 당시 성적 경험에 대한 대부분의 이슈는 '혼전'과 '결혼' 사이 '대기 시간'의 성행위를 어떻게 바라봐야 할 것인가였다. 이성애 여성들은 일종의 성폭력의 방식으로 술김에 성관계를 가지기도 했고, 또는 '누군가의 자취방이나 여관방에 누워 있는 자신을 천장에서 엄마가 계속 내려다보는 것 같은 불편함을 느끼면서 성적 경험을 했다'고 하기도 했다.[*]

주변에 그런 고백들이 흔해졌다. 좋아하는 이가 생겼고 그가 나를 사랑한다고 한다, 나도 그를 사랑한다, 뭐가 문제인가? 그건 우리가 처음으로 겪어내는 삶이었고, 몸으로 관통하는 세상살이의 진짜 속내였다. 하지만 상처가 있었다. 애인이 있다거나 성관계를 했다는 말보다 더 꺼내기 어려운 말이었다. 임신중단의 기억이었다. 이십 대의 여성이 임신중단을 해야 할 이유는 많았다. 학업을 마쳐야 했고 직장을 구해야 했고 일을 해나가야 했다. 공식적인 결혼 관계가 아닌 관계를 맞아주는 세상이 아니었고 혼인 외 관계에서 나온 아이들을 반겨주는 사회가 아니었다.

성관계를 하고 나선 날짜를 꼽아보며 노심초사 다음 생리

---

[*]　김현미, 줌마네 기획, 《페미니스트 라이프스타일: 내 삶과 세상을 바꾸는 페미니즘》, 반비, 2021, 20~21쪽.

날짜를 기다렸다. 임신 테스트기에 붉은 두 줄이 뜨면 임신중단 수술을 받을 수 있는 병원을 찾았다. 당시 대부분의 병원들은 선선히 수술을 할 준비가 되어 있었고 현금을 요구하기도 했다. 어떤 친구가 자기 경험을 작품으로 써내자 한 문학 강사는 수술비가 이렇게 비싸냐며 리얼리티가 떨어진다고 면박을 주었다. 친구는 그 앞에서 묵묵히 앉아 있었다. 친구의 진짜 이야기가 들어 있는 그 글을 폄하하는 강사가 나는 미웠다.

"저 작은 산부인과들은 뭘 먹고 살까?" 어떤 친구는 수술을 받고 나서 동네의 작은 산부인과들을 지나치면 그 생각부터 든다고 했다. 수술받은 병원 근처를 지나가는 것도 싫어진다고 했다. 피임 교육을 제대로 받지 못했고, 남성 우위의 관계 속에서 성적 자기결정권을 가지기 어려워서, 또 완벽한 피임은 없어서 임신 상황은 언제든 일어날 수 있었다.

나는 악몽을 꾸었다. 내가 그 작은 병원들을 전전하며 임신중단을 할 병원을 찾아다니는 꿈이었다. 몇 번은 거절되고 날짜가 미뤄지고 하다가 한 수술대 위에 누워 있었다. 친구들이 말해주었던 모습 그대로였다. 의사와 간호사들은 태연했고 다음 점심으로 무얼 먹을지 아무렇지 않게 잡담을 하고 있었다. 머리맡에는 심박동 수를 측정하는 기계가 있었고 나는 누워서 기계에서 그려지는 그래프 선을 보고 있었다. 캄캄한 화면에 아래위로 숨 가쁘게 오르내리던 그 흰색 그래프 선은 갑자기 기계 밖으로 튀어나오더니 날카로운 메스처럼 내 목을 그었다. 나는 비명을 질렀고 꿈에서 깨어나서도 식은땀을 흘렸다. 어찌나 생생한지 꿈이 아니라 내가 실제로 어느 병원에서 겪은 일처럼 여겨졌다.

여자 친구들은 서로의 목격자였다. 임신중단을 할 일이 운 좋게 일어나지 않았다 해도, 다른 친구들의 고통을 듣고 나면 아픔을 겪게 되었다. 어떤 친구는 임신중단을 하고 한겨울에 하염없이 강가를 걸었다고 했다. 어떤 친구는 가진 돈을 쏟아부어 철학책을 사서 미친 듯이 책을 읽어댔다고 했다. 복대로 배를 힘껏 졸라매어 주변에서 눈치를 못 채게 생활하다가 수술할 때를 넘겨 고생을 한 친구도 있었다. 미래를 약속했던 이의 배신으로 관계를 끊고 가방에서 한약 봉지를 꺼내 쓸쓸히 빨아 먹던 친구도 있었다.

폭력 피해 여성들을 위한 쉼터에서 일할 때는 돈이 없어 바로 수술을 받지 못해 배가 불러온 십 대 청소년을 만난 적도 있었다. 그녀는 오빠가 수술하라고 돈을 줄 거라면서 오지 않는 전화를 기다리더니, 나중에는 이불을 뒤집어쓰고 핏기 없는 얼굴로 덜덜 떨었다. 한 미혼모 쉼터에서 자원 활동을 할 때는 출산하고 아기를 입양 보낸 청소년 산모가 방문을 잠그고 울면서 한 번 본 아기 모습을 떠올리는 소리를 들었다. 그 곁에서 내가 할 수 있는 일은 거의 없었다.

시간이 지났지만 문제는 변하지 않았다. 신문 기사에서 이런 내용을 읽었다. 헌법재판소는 2019년 4월에 '낙태'를 전면 금지한 형법 조항에 헌법불합치 결정을 선고했다. 해당 조항은 국회에서 2020년 말까지 개정되어야 했지만 후속 입법은 3년이 넘도록 제대로 이루어지지 않았다. 그래서 국내에서 임신중단은 아직 법의 사각지대에 놓여 있다. 한국은 2000년대 초반까지 40년 가까이 출산 억제 정책의 일환으로 임신중단을 암묵적으로 허용해온 것이나 마찬가지였다. 남아선호 사상에 따른 태아 성감별과 임신중단 시술도 흔했다. 한국보건사회연구원은 2021년 '낙태' 실태조사 결과를 발표했다. 만 15~49세 여성 7.1퍼센트가 임신중단 경험이 있었고, 2명 중 1명이 비혼 여성이었다. 이들 중에는 약을 편법처방 받거나 불법유통 약물을 사용하는 경우도 있었다.[*] 미국에서는 연방대법원이 여성의 임신중단 권리를 보호해온 판결을 2022년 6월에 폐기해 수많은 여성들의 건강과 삶이 위험에 처하게 되었다. 기사를 읽으며 나는 생각한다. 숫자와 통계에 가려진 그 많은 여성들의 얼굴은 어디에 있을까. 그들은 지금 어떤 표정으로 이곳을 마주하고 있는가.

평소처럼 화장실 변기에 앉아 있었다. 옆에 희고 넓은 두

---

[*]　〈멈춘 임신중단권… 커지는 사각지대〉,《경향신문》, 2022. 7. 12.

루마리 휴지가 내려와 있었다. 언젠가 그런 꿈을 꾸었다. 휴지에 피 묻은 얼룩이 지는 꿈. 붉은 그래프가 휴지 위에 그려져 끝없이 이어지는 꿈. 둘둘 말린 휴지에서 한없이 이어져 나오는 그 붉은 선들에는 임신중단을 해야 했던 여성들의 목소리가 담겨 있었다. 그 목소리가 휴지에 그래프로 그려져 녹음테이프처럼 녹음되어 있었다. 나는 그 늘어진 휴지를 쳐들어 오른쪽 귀에 댔다. 그 붉은 그래프에서 목소리들이 웅웅 들렸다. 낮고 느리게, 재빠르고 높게 목소리들은 여러 겹의 파장을 그리면서 귓가에 외쳤다. 휴지에 얼룩진 피의 목소리들이 칸칸이 이어지고 있었다. 나는 오랫동안 그 자리에 앉아 휴지에 귀를 기울였고, 피 묻은 오래된 휴지 조각들이 이어져 내는 기나긴 절규를 들었다.

## 꽃다발 또는 방아쇠

내 친구는 자기 결혼식 날인데도 정작 스스로 챙길 일이 너무 많았다. 예식장 담당자가 처음 계약과 다른 소리를 당일에 해 한바탕 대거리를 했고, 가족들이 늦게 도착해 일일이 신경 써야 했다. 야무지지 못한 신랑을 대신해 하객들을 챙기는 일까지 도맡았다. 바이올린이며 첼로를 들고 온 연주자들까지 축하 곡목 변경을 요구했다. 친구가 정한 곡은 진지하고 슬픈 곡이어서 좋은 날에 연주하기엔 마땅치 않다는 것이었다. 경쾌한 경음악을 연주하는 게 낫다고 그들은 주장했다. 친구는 서운해했다. 누구나 타협하고 싶지 않은 한 가지가 있게 마련이다. 그게 그 친구에게는 그 곡을 자기 결혼식장에서 듣는 것이었다. 하지만 결국 단념하고 대중의 기호를 따랐다.

친구는 대체로 태연했다. 뒤죽박죽이 된 상황을 정리하는 일이야 큰딸로서 늘 해오던 일이었다. 결혼식 당일까지 동분서주하는 게 그녀로서는 별스럽지 않은 상황이었다. '이번에도 또 이렇구나' 하고 조금 성가실 뿐이었다. 평소 가족조차 골칫거리가 생기면 으레 자신을 호출했다. 자기 문제로 가족을 호출할 수 있냐 하면 그건 또 아니었다. 아프다 내색 없이 혼자 무던하게 살다 보니 겉으로 보기엔 늘 아무 문제가 없었다. 오늘도 겉보기엔 아무 문제 없는 날이었다.

웨딩드레스를 입고 있다는 점이 평소와 두드러진 차이였을 뿐이다. 웨딩드레스를 입지 않았다면 부당한 일에 더 큰 소리로 싸워 대응할 수 있었다. 이런 날에 큰소리 내면 안 좋다며 조금 손해 보고 말라는 주변의 만류에 평소 실력을 발휘할 수 없었다. 속이 부글부글 끓는데 부케를 들고 대기실에서 조용히 눈을 내리깔고 여러 사진에 찍히면서 신부 노릇을 하는 것이 가장 어색했다. 신부가 얼마나 예쁜지 품평하고 싶어 하는 이들이 바쁘게 오가면서 고만고만한 칭찬을 늘어놓았다. 그중엔 뒤돌아서서 미운 소리를 해대고 이런저런 부정확한 소문을 옮기면서 시샘과 질투와 부러움에 눈알을 굴리는 사람이 있을지 모르지만, 그거야 인간사가 다 그렇게 생겨 먹은 탓이다. 어쨌든 제각기 머릿속이 바쁠 사람들 사이를 헤쳐나가며 끝까지 우아함을 잃지 않는 게 오늘 신부의 역할이기도 했다.

신부는 그 역할을 썩 잘해냈다. 대기실에서 나와 아버지의 손을 잡고 사뿐사뿐 걸었다. 남편의 손에 건네져도 눈을 들지 않고 조신한 모습을 보였다. 아르바이트로 세운 주례가 하는 말이 성에 차지 않아도 까딱 않고 묵묵히 들었다. 결혼식 때 신부가 웃으면 딸을 낳고 어쩌고 하는 미신이 아직 머리에 박힌 나이 든 친지들을 의식해 한 번도 웃지 않는 모습을 보였다.

딸을 서른 살에 마침맞게 시집보내니 나이 든 부모도 즐거울 일이었다. 결혼이면 만사 오케이인 친척들에게도 더할 나위 없이 경사인 결혼식이었다. 무책임한 축하를 해도 되는 하객들의 얼굴은 썩 밝았다.

그런데 울상으로 있는 몇 명의 하객들이 있었다. 사람들이 빽빽이 앉아 있는 자리에 끼지 못하고 문 입구에 서서 기웃대는 신부의 여자 친구들이었다. 편하게 만나 얘기하던 친구가 훌쩍 결혼해버리는 게 어쩐지 아쉽고 헤어지는 것 같아 굳은 표정이 풀리지 않았다. 어릴 때부터 알고 지낸 사이였다. 친구가 결혼식 행사를 잘 치르려고 그동안 속을 바글바글 끓였다는 것도 알고, 없는 돈 있는 돈 끌어다 궁상맞게 보이지 않으려고 한 것도 알고 있었다. 친구의 편으로서 이 식이 끝까지 잘 치러지기를 같이 조마조마한 심정으로 지켜보았다. 뭔가 불길한 느낌이 들었다. 그건 이들이 서로의 사연까지 속속들이 알고 있는 탓이었다. 이렇게 순식간에 그 모든 이야기가 끝난다고? 이렇게 간단히 결혼해버리려고 그동안 아득바득 살았다고? 어떻게 이런 일이 일어날 수 있지? 이렇게 모든 일이 깨끗하고 말끔하게 세탁되어버린단 말이지?

이건 해피엔딩이 아니야! 짝사랑하는 이에게 차이고 울고불고 악다구니 치던 시간이 여기엔 없다. 남몰래 여관방을 전전하며 해야 했던 어설프고 거친 섹스의 기억이 여긴 없다.

그런 은밀한 속내도 친구니까 다 알고 있었다. 때로 눈물을 쏟고 혹시 임신이 되지 않았을까 손가락을 꼽으며 조바심 내던 시간이 여기엔 없다. 진짜 몸과 마음의 기억이 없다. 방황의 세찬 시간과 이 평온한 무풍지대는 얼마나 차이가 나는지 몰랐다. 마치 친구가 저 앞에서 제물로 바쳐지고 있는 양 의리에 찬 옛 친구들은 안타까움에 발을 구르고 싶었다.

취직을 해서 '막내 여직원'으로서 받던 구박도 안 보인다. 캄캄한 반지하 방의 시간도 이 자리에선 사라졌다. 좀 더 세상으로 나가고 싶어도 벽에 탁탁 막힌다고 한밤에 술병을 앞에 두고 소리를 지르기도 했다. 초라한 자립과 결혼의 안정을 저울질하던 삭막한 계산도 없었던 양하다. 고이 키운 딸과 시집가는 딸 사이에 있는 그 시간은 부모에게 보이지 않는다. 친구들끼리 독립을 격려하며 더 해보라고, 더 나가보라고 부추기던 시간이었다. 한 아이가 성인이 되어 자기가 어떤 사람인지 세상과 부딪치는 시간을 더 가져보라고 으쌰으쌰하며 미루고 미루던 결혼이었다. 한 사람이 온전히 자신이 되고자 좌충우돌한 그 시간이 이 예식장에서는 하얗게 표백되어버렸다. 반지하 방에서 떠나고 싶어서, 아무리 일해도 저임금의 미래가 빤한 것 같아서, 존중받지 못하고 치이는 데 질려서 웨딩드레스를 입는지 몰랐다.

에잇, 영화에 나오는 결혼식의 총은 어디 갔지? 〈암살〉

127

(2015) 영화에서처럼 웨딩드레스를 입고 식장에 들어간 신부가 꺼내어 사람들을 혼비백산하게 하던 총은. 샹들리에를 쏘아 떨어뜨리고 식탁들 사이에 불을 지르던 그 총은. 모든 구태의연한 축하를 한 방에 침묵시키던 총은. 잠긴 문 뒤에서 딸을 쏘려고 작심한 친일파 아버지를 마주해 겨냥하던 용감한 독립군 여성의 총은. 영화에서 신부는 자기 대신 죽은 언니의 웨딩드레스를 입고 총을 꺼내려고 식장에 입장했다. 아무도 눈치채지 못하게 리본을 천천히 풀고 꽃다발을 흩트렸다. 그 안에서 나오는 새까만 심장 같은 총 한 자루. 태연한 웃음들, 계층 상승의 욕망에 헐떡이는 눈빛들, 자족하는 배신자의 악수들, 판에 박은 덕담들, 자기를 얕본 굳어버린 것들을 향해 총을 겨누려고, 이 판을 끝내려고 신부는 예식장에 입장했다.

내가 누구인지 당신이 알고 있어요? 탕! 당신과 함께하는 게 얼마나 견디기 어려웠는지 알고 있나요? 탕! 왜 내가 당신을 쏠 수 없다고 믿는 거죠? 탕!

그런 백일몽에 빠져 친구들은 입을 벌린 채 우두커니 서 있다. 영화와 현실이 뒤섞이고, 영화 주인공의 대사가 이 식장에서 흘러나올 것만 같다. 모두가 침묵에 싸여 조용히 예식을 지켜보고 있다. 신부가 부케를 든 손을 움직인다. 아직 아무 일도 일어나지 않았다. 반지가 끼워지는 소리가 철커덕하고 쇳소리로 들렸다. 우레 같은 박수가 울려 퍼졌다. 신랑 신부가 마주 서 백년가약을 맺는 장면이 결혼식의 절정이라고 여긴 사람들이 환호를 하며 박수를 쳤다.

그 박수 소리를 들으며 신부가 하객 쪽으로 몸을 완전히 돌렸다. 신부는 높은 곳에 서서 관중이 박수 치고 환호하고 무례한 휘파람까지 불어대는 모습을 천천히 둘러본다. 신부는 반지를 낀 손가락을 달싹거렸다. 가슴에 들린 꽃들이 흔들렸다. 어떻게 할까 망설이는 표정으로 신부는 하객들을 지켜본다. 결혼식이 시작된 이후로 신부는 처음 고개를 똑바로 들었다. 그 얼굴은 웃고 있지 않았다. 입술이 비뚜름하게 다물려 있어 얼핏 보면 웃는 것 같았지만 자세히 보면 모멸감을 견디는 듯 굳어 있는 얼굴이었다. 구경거리로 자신을 내어놓고 그다음 행동을 망설인다. 이 시간의 다음은 언제나 새까만 공백이니 실은 뭐든지 할 수 있었다. 꽃을 집어던지고 뛰기 시작할 수 있고 하객 무리에서 변심한 애인이 튀어나올 수도 있고 총을 쏘거나 맞고 쓰러져버릴 수도 있다.

짧지만 영원처럼 긴 순간이 스쳐 가고 신부의 눈에 눈물이 천천히 고였다. 눈은 깜빡이지 않고 크게 뜨여 있었다. 진짜 나에 대해 당신들이 뭘 알고 있냐고 그 눈은 물었다. 눈에 경멸이 스쳐갔다. 기나긴 터널 같은 박수 소리를 자부심을 잃지 않고 견뎌내려는 듯 눈물이 번쩍였다. 일순 조명이 꺼져버린 것처럼 신부의 얼굴은 흙빛이 되었고, 그 어두운 응시와 비웃음

아래 박수 소리는 이어졌다. 그것이 이 결혼식의 하이라이트였다.

　이제 모든 것이 평범해졌다. 신부는 다시 다소곳이 보이려고 고개를 숙였다. 널찍한 어깨를 움츠리고 들고 있는 부케를 치켜들었다. 흰색과 분홍색이 온통 뒤섞인 식장에서 하얀 안개가 사방에서 뿜어나오고 신랑 신부는 태연자약하게 행진하기 시작한다. 신랑은 사회자가 시키는 대로 만세삼창을 하고 팔굽혀펴기를 하고 하객들에게 절까지 넙죽 한 다음이라 더 의기양양해졌다. 사방에서 터뜨려지는 폭죽과 리본에 둘러싸여 신부의 얼굴은 보이지 않았다. 하지만 균열 난 틈이 메워지듯 눈물과 망설임은 사라졌고, 그와 함께 변화와 가능성의 시간도 닫혔다. 어느새 그녀는 이제 더 이상 누구의 눈길도 끌지 않는 평범한 신부가 되어 물러났다. 아름다운 신부를 오늘 보았다는 하객의 기억만이 변하지 않는 사실 같았다.

## 빨간 금붕어가 있는 곳

일부러 빨래를 하는 날이 있다. 옥상에 올라가 빨래를 널기 위해서다. 방 안을 맴돌며 청소를 하고 식사 준비를 하다가 밖으로 나가고 싶은 마음에 떠올린 곳이 옥상이었다. 옥상에는 바람이 불고 푸른 하늘이 있었다. 프리랜서로서 일감이 들끓는 집을 떠나지 않았다는 안도감이 들면서 반쯤은 집을 등지고 떠나버린 기분이 드는 곳. 그곳에 올라가면 하늘과 먼 산이 보이고 멀리 떨어져 있는 아파트들까지 한눈에 들어왔다. 빨랫감이라도 한가득 들고 옥상에 오르면 누가 봐도 떳떳할 것 같았다. 그래서 세탁기에서 빨래가 끝났다는 신호음이 들리면 계단을 오를 생각에 벌써 설렜다.

막상 올라가보면 별다른 공간은 아니었다. 방치되어 을씨년스럽다는 쪽이 더 맞았다. 깨진 장독대가 있고, 버려진 화분에 강아지풀이며 바랭이 같은 잡풀만 수북하다. 바닥은 흙투성이고 빨랫줄이 간신히 의지하던 장대는 세찬 바람에 쓰러졌다. 옥상에 들고 간 빨랫대를 바로 세우고 빨래를 널 때면 건물 사이로 휘몰아치는 바람이 생각보다 세차 빨래가 마르기도 전에 휭 날아가버릴 기세였다. 묵직한 돌덩이를 빨랫대 아래에 언제나 괴어 놓았다. 옥상 바닥이 지저분해서 몰아치는 흙먼지에 옷이 더럽혀질지 몰랐지만, 빨래를 햇빛에 바짝 말리기 위해 그 정도는 감수하기로 했다.

빨래를 널고 간이 의자에 앉아 커피라도 한잔하면서 풍경을 음미하면 금상첨화겠지만 현실은 그렇지 않았다. 동네는 늘 공사판이고 근처에 신축 건물이 여럿 들어서서 드르륵드르륵 공사 소리가 쉴 새 없이 귓전에 들려왔다. 옥상에서 인부들이 일하는 모습까지 다 보인다. 보통은 붉은색 벽돌의 구옥 빌라를 부수고 좁은 방들을 더 많이 만들어 비싼 세를 받을 수 있는 신축 빌라를 만든다. 완성된 집 앞에는 현란한 분양 광고 현수막이 세워졌다. 구옥 빌라들 벽에도 현수막은 이따금 붙어 있었는데 가로주택 정비사업이 선정되었다면서 경축이라는 글씨가 붉게 인쇄되어 있었다. 어떤 부동산에는 유리문에 '재개발 반대'라는 글귀를 써서 붙였다. 재개발추진위원회 이름을 단 현수막이 그 앞에 맞서 허공에 펄럭이기도 했다.

고만고만한 높이의 오래된 빌라들이 좁은 틈을 두고 잇대어 있었다. 옥상에서 얼쩡거리는 이들은 여러 사람의 눈들에 포착됐다. 맞은편 빌라 쪽 옥상에 나이 든 이가 앉아 있고 울긋불긋한 바람개비가 돌아가는 모습까지 눈에 들어온다. 빨래를 너는 데 조심스러워지는 건 이곳이 숨구멍이 트이는 곳이기도 하지만 남들의 시선이 더 뻔뻔해지는 곳이기도 하기 때문이다. 건너편 창에서 웃통을 벗고 담배를 피우는 남자와 눈이 마주친 적도 있다. 그럴 때 얼른 시선을 피하는 나와 달리 그쪽에서는 흠칫하는 듯하면서도 나를 더 뚫어지게 응시하는 게 느껴졌다. 불쾌했다.

한동안 옥상으로 올라가는 걸음을 끊은 것도, 오면 주변을 두리번거리는 것도 이런저런 시선과 마주쳤기 때문이다. 시선을 피하려고 얼른 빨래를 마저 널고 내려온 적도 있다. 남의 공간을 거리낌 없이 훔쳐보는 시선을 겪기도 했다. 내 집 옥상에서조차 남의 희롱하는 시선 때문에 불편해야 하는 걸까. 다음에 또 그런 일이 있다면 가만히 있지 말아야지 생각했다. 카페에서 친구를 만나 속상한 그 일을 털어놓았을 때 친구가 같이 분개하며 말했다. "그냥 빨래를 그놈 얼굴에 확 던져버리지 그랬어. '뭘 쳐다봐, 이거 갖고 싶냐! 너 가져! 난 옷 많거든!' 하고." 빨래를 휙 던져버리라는 말에 나는 순간 웃어버렸다. 웃음을 그치자 씁쓸했다.

어리석은 사람들의 짓거리만 없다면 옥상은 좋은 곳이었다. 그동안 까맣게 잊고 있던 흰 구름이 높은 곳에서 유유히 떠가고 정수리에 햇빛이 쩅하니 쏟아졌다. 시선이 닿는 끝에는 산이 보여서 푸른 숲을 볼 수 있었다. 길에서는 건물이 주목을 끌었지만 옥상에서는 햇빛과 하늘이 주인공이었다. 집들은 납작하게 지붕을 숙이고 있고 바람과 구름이 그 위를 휩쓸고 지나갔다. 눈에 나지막하게 들어오는 집들 위에 하늘이 내려앉고 햇살이 타들어가는 게 보였다. 계단을 올라 조금 높은 곳에 오면 살림의 무게는 덜어지는걸. 묵직한 빨래가 이곳에서 수분을 잃고 가벼워지는 것처럼, 사람도 추처럼 끌고 가던 생활의 무게를 덜고 좀 더 하늘에 가까운 존재가 되는걸. 잠깐 동안 풍경을 살펴보면 그 풍경이 마음까지 한 뼘 넓혀주는 것 같아 기뻤다. 빨래는 말없이 가만히 곁에서 흔들렸다. 빨래집게로 잘 집어주었고 제대로 마르라고 주름이 겹치지 않게 펴주었다. 빨래들은 얼룩과 냄새도 사라지고 원래의 모습으로 말라갔다. 사람들은 입고 부대낀 옷을 다시 입어보겠다고 남모르는 자리에서 쭈그려 손으로 비비고 주물러 빨래를 하고 그 빨래를 어김없이 허공에 넌다.

그럴 때는 실비아 플라스의 소설 《벨 자》의 주인공 에스더가 올라가 있던 아마존 호텔의 옥상이 떠오른다. 밤과 새벽 사이의 시간에 에스더는 찬바람에 머리칼을 휘날리며 깨어 있었다. 캄캄한 도시는 불을 끄고 잠들어 있고 건물들은 시커멓게 보였다. 그녀는 여성혐오자에게 폭력을 당했지만 자기 힘으로 가까스로 빠져나왔다. 그녀가 보따리를 풀어 처음 꺼낸건 속치마였다.

"끈 없는 속치마는 원래 신축성이 있었지만 낡아 빠져서 헐렁했다. 속치마를 손에 쥐고 흔들었다. 휴전의 백기처럼 한

번, 두 번…… 바람에 흔들리는 속치마를 손에 놓았다. 다시 옷꾸러미에서 옷을 뺐다. 하얀 옷자락은 밤하늘로 날아올랐다가 천천히 가라앉았다. 어느 거리, 어느 지붕에 떨어질지 궁금했다. 바람이 불 듯하다 잦아들자 맞은편 펜트하우스의 옥상정원에 그늘이 드리워졌다. 옷을 밤바람 속으로 조금씩 날려 보냈다. 연인의 유골을 뿌리는 것처럼…… 거무죽죽한 옷가지들이 여기저기로 날아가 뉴욕의 어두운 심장에 내려앉았다. 어디쯤인지 나는 모를 곳으로."*

에스더의 치마는 어디로 날아갔을까. 현실에 발이 묶이고 고통을 당하는 에스더와 달리 그 몸에서 떠난 속치마는 어디까지 날아갔을까.

나는 깜빡하고 빨래를 걷지 않아 밤에 옥상에 올라간 적이 있다. 주변의 집과 아파트에는 불빛이 켜져 있었다. 캄캄한 옥상에서 빨래들이 호젓하게 펄러덕대며 그 자리에 놓여 있었다. 맨 앞자리에는 치마 한 벌이 바람에 떠나가고 싶은 양 펄럭거렸다. 그 인조견 치마는 흰 바탕에 붉은 모란꽃들이 큼직하게 찍혀 있어 볼품은 별로 없었지만 평상복으로 입기에 시원하고 편했다. 나는 여름 한철 내내 그 치마를 입었다.

어느 날엔 깨진 장독대 위에 치마를 걸쳐놓기도 했다. 하

---

*   실비아 플라스, 《벨 자》, 공경희 옮김, 마음산책, 2013, 151쪽.

늘을 향해 쳐들어보기도 했다. 하늘 가까운 곳에 치마를 두거나 잊힌 장독대에 치마를 두면, 치마가 무언가를 일깨우고 되살려낼 것 같았기 때문이다. 옥상에 올라가 치마를 가지고 맴돌고 이곳저곳을 치마로 덮고 감싸보았다. 마지막에 그 곁에 이마를 대고 쪼그려 앉아 있었다.

한 편의 시에서 이런 글귀를 읽었다. "항아리치마 환하게 부풀어 오른다 / 그 속 빨간 금붕어 두 마리가 있나 / 바람 물결 일으키며 헤엄이라도 치려나"* 이 시를 읽으며 나는 밤에 빨랫줄에서 펄럭이던 치마를 생각했다. 자유롭게 헤엄치는 빨간 금붕어 두 마리가 치마 안을 맴돌아 춤추는 모습을 그렸다. 저 붉은 모란꽃이 크고 붉은 물고기로 풀려 옥상을 헤엄쳐 다니는 모습을 눈앞에 떠올렸다. 그래도 이상할 게 없었다. 바람을 맞으면 부풀어 꿈틀대던 치마가, 빨래집게에 허리를 집혔어도 어딘가로 세차게 날아가듯 몸을 뻗던 치마가, 허공 속에 춤추던 치마가, 붉은 물고기들로 변신해 옥상을 맴돌다 밤하늘로 올라가 수놓아도 이상할 게 없었다. 치마가 얼마나 팔딱거리는지 은근히 눈치채고 있었으니까. 바람의 질주를 따라가려는 움직임을 늘 보아오고 있었으니까. 치마의 비밀을 목

---

* 　김경후, 〈항아리〉, 《울려고 일어난 겁니다》, 문학과지성사, 2021, 38쪽.

격하고 나도 몸에 힘을 뺀다면 빨래들이 모두 사라진 자리에서 붉은 물고기의 유영을 따라 같이 하느작거리며 그 꼬리 끝이라도 잡아보려는 듯 마침내 저곳으로 헤엄쳐 올라갈지도 모른다.

4

모퉁이의
날갯짓

## 보자기 속의 한마디

　어머니가 함을 받으면 좋겠다고 했다. 나는 결혼식 준비를 번거롭게 하지 않으려고 애쓰던 참이었다. 어머니의 제안에 나는 난처했다. 결혼 날짜도 얼마 남지 않았고 예식장을 잡으려고 하는데도 자리가 없어 애를 먹었다. 폐백이니 결혼 예물이니 예단이니 어른들이 관심을 가지고 훈수를 드는 것에는 따르는 시늉만 하고 거의 내용을 생략한 상태였다. 이번에도 마찬가지로 넘어가려 했다. 계획에 없던 일이라 물리칠 수도 있을 것 같았다. 그런데 그게 아니었다. 어머니는 이번에 어쩐 속셈인지 바위처럼 끄떡하지 않으며 꼭 함을 받아야 한다고 고집을 부렸다.

　우선 결혼 상대자와 상의를 했다. 장모가 될 이의 청을 단칼에 거절하기 어려웠는지 그는 난처한 듯 나를 쳐다보았다. 함 속에 무엇이 들어가는지, 비용이 얼마나 드는지 우리는 몰랐다. 나는 그의 얼굴을 멀뚱히 보았다. 예식장이 안 잡힌다고 울고불고 한 다음이라 난 이미 맥이 빠져 있었다. 그는 작은 목소리로 꼭 원하신다면 해드릴 수도 있다고 대답했다. 아무래도 부담이 가는 일이다. 고향에 있는 어머니에게 전화해서 이게 꼭 필요한 일이겠냐고 다시 설득차 물어보았다. 어머니는 함 받는 일은 인륜지대사에서 마땅히 치러야 할 일이라고 했다. 그리고 함에 다른 건 넣을 필요 없고 혼서지와 간단한 물품만 넣으면 된다고 했다. 누가 함을 받는 건지 모르겠다.

내가 예단을 하지 않겠다고 할 때도 어머니는 인사를 치러야 신부 체면이 선다며 더 적극적으로 나서서 애를 먹었다. 이번에도 나보다 어머니가 더 강하게 주장하는 바람에 끌려가는 기분이 들었지만, 맞서면 싸움밖에 되지 않을 것 같았다. 저쪽 편에서도 해줄 수 있다고 하니 그냥 어머니의 바람대로 하고 넘어가자고 마음먹었다. 부담 없이 간단히 한다면 별문제 없을 것 같기도 했다. 어머니가 평소에는 특별한 의견을 내세우지 않지만 한번 무언가를 해야겠다고 마음먹으면 뜻을 절대 굽히지 않는다는 걸 알고 있었다.

생각 같아서는 결혼식도 생략하고 그냥 밥이나 한 끼 같이 먹고 말면 될 일 같았지만, 집안 어른들이 끼어 있으니 그건 어려웠다. 식장을 어느 지역에 잡을 거냐, 신혼집을 어디에 구할 거냐, 양가 인사는 어떻게 할 거냐, 하나하나 격식을 따지느라 일이 늘었다. 둘이 있을 때는 그다지 다툴 일이 없었는데 가족을 끼고 말을 서로 전하다 보니 피곤한 일도 생기고 낯 붉힐 일도 있었다. 둘 다 직장을 다니느라 시간 내어 얼굴 보기도 빠듯했다. 나는 하루에 세 시간씩 지하철을 타고 출퇴근하면서

꾸벅꾸벅 조는 일이 태반이었다. 자다가 벨이 울려 얼른 핸드폰을 받아보면 "폐백 음식은 남 보기에 번듯해야 하니 너무 값싼 것으로 예약하면 안 된다"는 부모님의 목소리가 들렸다. 남의 눈을 의식하는 체면치레의 피곤함이 몰려와 어디론가 달아나고 싶은 마음마저 들었다.

결혼 상대자도 함을 준비하겠다고 했으니 나는 대충 때우고 넘어가자 하는 셈속이 들었다. 그가 함 속에 무얼 선물로 넣을지 물어왔다. 어머니는 화장품 세트 정도면 된다고 했다. 유행하던 참존 화장품이 좋겠다고 했다. 나는 화장품을 잘 쓰지 않았다. 내가 얼굴에 아무것도 바르지 않자 "아가씨니까 남들처럼 꾸미고 다니라"고, "적어도 스킨과 로션은 발라야 피부가 안 상한다"고 어머니가 안달복달했다.

함 소동을 듣고 동생이 전화를 해서 나를 나무랐다. 어머니가 없던 일을 얼토당토않게 갑자기 벌이면 언니가 막아야 했다고 잔소리했다. 부당한 일은 못 참는 동생에게 이번 일이 부당하게 보였나보다. 나는 변명을 늘어놓았다. 함 일은 간단히 치르는 거고, 이왕 이야기도 다 됐고, 자식들 잘되라고 좋은 마음으로 양가에서 하는 일 아니겠냐는 식이었다. 동생은 부아가 나 날카로웠다. 가뜩이나 언니가 어영부영 결혼하는 것이 못마땅했는데 어른들에게 끌려가는 모습으로 일을 치르는 게 불만인 것 같았다.

그는 일단 함을 보내겠다고 마음먹은 다음에 더 적극적으로 나섰다. 이왕 함을 할 바에야 친구들을 함꾼으로 부르고 제대로 하면 어떻겠냐고 물었다. 나는 화들짝 놀랐다. 그때 나는 임대아파트에 세 들어 살고 있었다. 좁은 임대아파트 복도에 느닷없이 함꾼이 닥친다니. 일이 없어 매일 러닝 바람으로 복도에 서서 북한산을 마주 보며 담배를 피우는 이웃 남자도 놀랄 테고, 일을 나가느라 지친 얼굴의 이웃 여자도 함꾼의 고함에 기겁할 것이다. 내가 결혼한다는 걸 임대아파트 전체에 대고 고래고래 외치며 광고하고 싶지 않았다. 함꾼을 따로 부르는 건 절대 안 된다고 했다. 이 기회에 친구들을 불러 모아 자랑도 하고 회포도 풀고 싶었던 그는 그만 김이 새어버렸다.

나는 고향 친구가 결혼할 때 함꾼들이 밤에 친구 집에 들어오는 걸 겪어본 적이 있다. 신부 친구가 와야 한다고 하길래 간 자리였다. 가보니 초대받은 다른 친구들은 그 자리가 어떤 자리인지 알고 아예 오지 않았고 나 혼자 눈치 없이 와 있었다. 신랑의 친구들은 오징어를 얼굴에 쓰고 왁자지껄 떠들면서 골목을 돌아 걸어오고 있었다. 한 발을 과장스레 높이 쳐들고 땅에 디딜 때마다 봉투를 내놓으라고 고함을 쳤다. 신부는 얼굴을 보이면 안 된다는 관습대로 집 안에 숨어 있고, 어쩌다 보니 내가 함꾼 상대를 하고 있었다. 신부 노래를 듣기 전에는 문턱을 넘지 않겠다고 짓궂게 구는 통에 혼쭐이 나서 내가 대신 달

밤에 노래도 했다. 그들은 문턱을 넘으며 플라스틱 바가지를 발로 밟아 요란스레 깨뜨렸는데, 그 기세는 안방에 차려놓은 술상 앞에서도 가시지 않았다. 분위기가 달아올라 자기들끼리 '불알친구네' 어쩌고 하는 통에 신부와 나는 손님치레를 하듯 구석에 말없이 앉아 있었다.

어쨌든 함과 관련한 일은 번거롭기 짝이 없었다. 이번에 어머니는 함을 받을 정해진 날짜를 당기자고 재촉했다. 갑자기 날짜가 바뀌어 함을 준비하는 그는 더 바쁘게 되었다. 내가 참다못해 "도대체 왜 이러는 거냐"고, "내가 결혼하는데 어머니가 왜 자꾸 이래라저래라 하는 거냐"고 한소리를 했다. 어머니는 별다른 대꾸 없이 침묵을 지키며 "꼭 그래야 한다"고 혼 잣말을 했다.

그는 함 안에 넣을 화장품 값이 비싸다며 다른 화장품을 사면 안 되겠냐고 난감해했다. 어머니는 꼭 자신이 지정한 참 존 화장품이어야 한다고 고집을 부렸다. 나중에 알고 보니 어머니가 말한 참존 화장품은 더도 말고 덜도 말고 딱 스킨 로션 한 세트였다. 그는 더 많은 화장품들을 요구하는 줄 알고 내게 서운해하며 여러 종류별로 참존 화장품을 준비해 넣었다. 나는 그가 왜 화가 났는지 모르고 기분을 풀어주려 애를 썼지만 소용이 없었다.

연인들이 장모 겸 친정어머니의 비위를 맞추기 위해 임

대아파트에서 조촐하고 고달픈 행사를 치렀다. 어머니는 함을 받으러 서울에 올라와 우리 집 안에 들어와 있었다. 그는 대낮에 시간에 맞춰 함이 든 여행 가방을 혼자 끌고 엘리베이터를 타고 올라왔다. 좁은 복도를 뻘쭘하게 걸어오다 그래도 문 앞에서 "함이요! 함 들어가요!" 하고 너스레를 떨며 큰 소리를 두어 번 냈다. 소심한 그로서는 큰 용기를 낸 일이었다. 방은 말끔히 치워져 있었고 그 한가운데에 서 있는 어머니는 대갓집 부인처럼 격식을 차려 인사하고 공손하게 함을 받았다. 과일을 깎고 차를 따랐다. 나는 일이 끝나서 한숨을 쉬었고 긴장이 풀린 그는 피로한 낯빛을 보였다. 어머니만 무탈하게 소원 성취했다는 듯 싱글벙글하며 나중에 함을 열고 들여다보았다. 이로써 딸의 결혼 생활은 탄탄대로일 거라고 믿는 눈치였다.

한참 뒤에 어머니에게 물었다. "갑자기 왜 함을 받겠다고 했어?" "함을 받으면 앞으로 잘 산다고 다들 그러더라." "왜 날짜는 갑자기 바꿨어?" "그 날짜가 길일이래. 그날에 함을 받아야 더 좋다고 하더라고." 어머니를 그렇게 부추긴 건 더 나이 많은 우리 친가 쪽 어른들이었다. 신세대의 결혼에 한 세대 전의 어머니뿐 아니라 그 전 세대까지 팔을 걷어붙이고 같이 끼어들었다. 어머니는 딸의 결혼 준비 코치를 자기보다 더 나이든 이들에게 의지했다. 그들은 일제강점기 때 연지 곤지 찍고 시집가서 이때까지 억척같이 살아낸 이들이었다. 남들 하는

대로 따라야 남들처럼 살 수 있다고 믿었다는데야 그만 더 따질 것이 없었다. 그건 어머니 식의 축하였다. 남이야 오해를 하건 욕을 하건 딸의 머리맡에 부적을 써 붙이듯 치른 행사였다. 앞으로 살면서 무슨 고달픈 일이 딸에게 생길지 모르니 청실홍실이 든 함이라도 안겨 액땜해서 보내겠다는 단순한 진심에서 벌인 일이었다. "그러면 네가 더 행복하게 살 줄 알았어." 어머니의 답변에 나는 할 말을 잃었다. 부모로서 권위나 체면을 따지지 않고 하는 무방비의 천진난만한 답변이라고 할까. 풀이 죽은 친구같이 격의 없이 하는 소박한 말마디에 가슴이 아렸다. 나이 든 어머니가 자신 없어 하고 미안해하는 모습에, 자신이 어머니로서 못났다고 여기며 움츠러드는 모습에 나도 덩달아 풀이 죽었다.

그 함에 들어 있던 물건들은 매듭도 제대로 풀지 않은 채 고스란히 장롱 서랍에 들어갔다. 폐백 때 입은 한복도 함께 들어갔다. 어머니가 딸의 행복을 위해 무리하게 벌인 행사도 그것으로 끝이었다. 서랍 속의 붉은 보자기 속에 어머니의 기도가, 한마디 말이 밀봉되어 있다. '행복하게 살아라.' 남들처럼 함을 그들먹하게 받았으면 행복해져야 했을 텐데 뒤돌아보니 꼭 그렇지도 않았다. 인생이 생각대로 되지 않는다는 걸 알기 때문에 어머니는 더 허둥지둥 주문을 걸듯 서둘러 함을 요구한 것일까. 나는 그 후로 그 서랍을 열지 않았다.

# 달이 나가다

임신을 했다. 결혼 연령이 늦춰지고 출산율이 떨어졌다고 언론에서 연신 호들갑을 떨 때였다. 이십 대 초반에 결혼한 어머니보다 거의 십 년이 늦어진 결혼이었지만, 우리 세대에서는 학업을 마치고 직장을 가지다 보면 그 나이쯤 되어야 결혼을 생각하게 되었다. 물론 결혼을 하지 않고 사는 이들도 늘어났다. 하지만 결혼하지 않은 여성에게 가해지는 압박이 지금보다 커서 스물아홉 살쯤 되면 부모와 친척들이 결혼을 하라고 잇달아 몰아쳤다. 내가 임신을 했다니 어머니는 자고 있는 내 곁에 앉아 거듭 손을 쓰다듬으며 "내 새끼가 애를 가졌다니……" 하면서 중얼거렸다. 그것은 꾸밈없이 소박하고 진솔한 축하였다.

임신복도 샀다. 임신 초기에는 그냥 청바지에 헐렁한 티를 걸치고 다녔다. 대중교통으로 출퇴근도 해야 하니 활동하기 편한 게 우선이었다. 하지만 숨 쉬기 불편할 정도로 배가 더 불러오자 아무래도 임신복이 따로 필요했다. 아주 비쌀 거라고 막연하게 생각해 미루고 있었다. 주변에서 본 적도 잘 없고 어디에서 사야 할지도 몰랐다. 어머니가 막냇동생을 임신했을 때 입은 얇은 홈드레스가 기억났다. 하늘거리는 홈드레스는 짙은 갈색에 단풍 같은 얼룩진 무늬가 나 있었고 목 쪽에는 주름이 잡혀 있었다. 어머니가 되는 게 아주 먼일처럼 여겨졌던 것처럼 내가 그런 치마를 입은 모습도 잘 그려지지 않았다. 어릴 때 기억으로는 어머니가 입었다는 이유만으로 그 홈드레스가 아주 값비싸고 멋진 옷처럼 여겨졌다. 어머니가 된다는 건 지금도 내 손에 닿지 않는 곳에 있는 일처럼 여겨진다.

내가 매장을 찾아가서 산 임신복은 무릎 아래까지 내려오는 심플한 원피스였다. 위쪽에는 줄무늬가 나 있고 가슴 쪽에는 끈이 매달려 있어 작은 리본을 묶을 수 있었다. 가볍고 주름지지 않는 재질로 만들어진 남색 원피스였다. 걸을 때 치마에서는 사각사각하는 소리가 났고 반들반들한 윤이 돌았다. 원피스는 부른 배 쪽에서 치솟았다가 그대로 밋밋하게 떨어져 몸을 넉넉히 가려주었다. 갑자기 변해 어색하게 느껴지는 몸을 치마는 가뿐히 덮어주었다.

태동이 있을 때는 그 부푼 남색 원피스가 움찔움찔하는 게 보였다. 배에 손을 가만히 대고 앉아 있거나 몸이 편히 휴식을 취할 때 태동은 더 커졌다. 그럴 때 배를 덮고 있는 원피스를 내려다보면 그 겹 너머에 있는 아기가 눈에 그려졌다. 웅크려 눈을 감고 있는 아기가. 심장을 팔딱이며 꿈꾸듯 엄마를 만나고 있는 아기가. 잠을 잘 때도 옆으로 누워 있다 보면 아기가

152

배 안에서 헤엄을 치듯 출렁이며 꿈틀대는 게 느껴졌다. 그럴 때는 아기가 무언가를 즐거워하고 있는 듯해 덩달아 안심이 되었다.

임신복을 입고 가면 사람들의 눈길을 끌었다. 가게에 들어갔을 때 꼭 배를 두고 한두 마디 하는 동네 상인들이 있었다. "출산이 언제예요?" "배가 많이 나왔네요." 출산 경험이 있는 이들은 내 배를 두고 몇 개월인지 지레짐작으로 맞춰보다 자기 예상과 틀린 답을 들으면 내 배가 많이 부른 편이라며 신기하다는 듯 쳐다보았다. 때로 여러 감정이 섞인 눈으로 바라보기도 했다. "앞으로 얼마나 힘들까……" 자기는 겪어서 알고 있지만 다 말해줄 수 없는 일을 나도 겪을 거라고 미리 한숨을 쉬는 이들도 있었다. 임신복을 입고 휘적휘적 걸어가면 뭔가 기다리는 마음들이 보풀처럼 원피스에 붙어 따라왔다.

아파트의 엘리베이터를 타고 가다 보면 나를 힐끔거리거나 대놓고 쳐다보는 남자들도 있었다. 그럴 땐 둘만 있다는 것에 경계심이 들어 모른 척하고 눈을 내리깔았다. 시답잖은 소리를 하는 이도 있었고, 어떤 이는 그리움에 잠겨 나를 멀거니 바라보기도 했다. 이제는 멀어진 기억 속의 가족을 추억하듯 나를 쳐다보고 쓸쓸해하는 이도 있었다. 목이 늘어진 속옷을 입고 복도에 나와 먼 산을 보며 담배를 피우는 남자들이 있는 아파트였다. 이따금 싸우면서 쿵쿵거리는 큰 소리가 벽이

무너질 듯 옆집에서 들려오고 "집이 조금만 더 넓었으면 좋겠다"며 이웃 여자가 쓰레기봉투를 내놓으며 한숨 쉬는 아파트였다. 내가 결혼을 했을 때 옆집 남자는 문 앞에서 마주친 남편에게 누구냐고 물었다. 이 집에는 아가씨가 사는데 웬 남자냐고 복도에서 캐묻는 통에 남편은 그 아가씨가 결혼을 했고 자기가 남편이라고 어색하게 소개를 해야 했다. 곧이어 축하한다는 말을 들었다.

조금은 불편하고 조금은 애틋하고 조금은 함께 기다리는 마음이 내 치마를 스쳐갔다. 그건 다시 돌아갈 수 없는 추억을 떠올리게 하는 시작이었다. 문들이 고만고만한 생활을 품고 나란히 있었지만 어떤 집에서는 누군가가 늙어가고 어떤 집에는 아기가 생겨났다. 겨울에 외출할 때면 나는 치마 위에 파카를 입고 목도리를 귀까지 덮어 두르고 두꺼운 장갑에 두툼한 스타킹까지 신은 다음 뒤뚱거리며 나갔다. 아기의 옷을 사기 위해 재활용품 가게에 갔다. 옷을 입을 아이가 몇 살이냐고 물은 여주인은 내가 "아기는 배 속에 있다"고 하니 큰 소리로 웃기만 하고 물건을 팔 생각을 하지 않았다. 갓 태어난 아기는 오랫동안 배냇저고리를 입히고 포대기에 싸놓기만 한다는 걸 잘 몰랐던 나는 어리둥절해졌다.

낳고 기르는 비밀은 아직 내게 알려지지 않았다. 임신과 출산에 대한 책을 뒤적였지만 그 책에서는 경험에서 우러난 깊은 감정이 담겨 있지 않았다. 가게 주인의 깔깔거림과 어머니의 축하와 나이 든 이들의 애틋한 눈빛과 때 이른 한숨 속의 비밀을 다 알 수 없었다. 그것은 살아봐야 아는 것이었다. 공평하게 한 벌씩 받은 시간이라는 옷이 다 해질 때까지 입고 나서야 알게 되는 삶에 대한 느낌, 깨달음 같은 것이었다. 책이 세상의 전부인 양 책만 끼고 살았던 나는 알 수 없는 미래에 대한 불안에 시달리며 혼자 눈을 뜨고 밤을 지새웠다. 지금부터 다르게 살아가게 될 것 같은 기분. 알 수 없는 터널로 들어가는 기분. 이때까지의 지도가 모두 필요 없어지는 세상에 들어서는 기분이 들었다.

태어나지 않은 아기는 나와 동행해주었다. 배 속에 아기가 부쩍부쩍 자라고 나는 그 아기와 늘 함께한다는 느낌을 받았다. 마음이 편하지 않거나 의기소침해지는 날에 어깨를 웅크리고 앉아 있으면, 문득 태동이 꿈틀대며 느껴졌다. 아기는 숨죽여 있다가 똑똑 문을 두드리듯 내 배를 두드리며 '엄마, 괜찮아. 나 여기 있어' 하고 말해주는 것 같았다. 나는 배 위에 놓인 치마를 쓰다듬었다.

나는 아기를 '달님'이라고 불렀다. 둥근 달. 어디 하나 기울거나 모지라지지 않은 달이 배 안에 둥실 들어차 있는 것 같았다. 내 배는 달처럼 둥그렇고 치마는 바람을 가득 안은 돛처럼 부풀었다. 얼굴을 본 적 없지만 나는 몸속의 달이 어떻게 생겼는지 알 수 있을 것 같았다. 달은 온순했고 느릿했고 차분했고 섬세했고 여렸다. 나는 속으로 그 달을 꼭 지켜줄 거라고 마음먹었다. 내가 모든 걸 걸고 달을 지켜줄 거라고 약속했다. 이 치마로 너를 덮어서 영글게 키워서 반드시 잘 내보내주리라고 마음먹었다.

임신 기간이 끝나가고 있었다. 집에서 대부분 혼자 지냈고 밥을 먹고 창밖을 보다 울리지 않는 전화기를 바라보았다. 출산 휴가로 직장을 쉬게 되자 만날 수 있는 동료도 없어졌다. 아기가 태어나기를 기다리며 설거지를 하고 빨래를 하고 빈 복도를 걸었다. 다시 재래시장을 한 바퀴 돌고 일없이 지하철역 주변을 맴돌다가 사지 않을 책을 뒤적이며 책방 구석에 서 있었다. 도서관에 가서 뿌연 창밖으로 마른 나뭇가지를 바라보았다. 곧 아기가 올 거야. 이곳에 아기가 올 거야.

무슨 일이 일어나려고 하는데 그 겨울은 아무 일도 일어나지 않을 것처럼 조용했다. 아기와 함께 있지만 아기를 또다시 기다렸다. 나는 익숙한 생활과 헤어지고 있었다. 직장 생활을 그쳤고, 낯선 결혼 생활 속에서 자주 말을 잃었으며, 이때까지 쌓아온 나의 자리가 허물어져가는 것을 보았다. 집 말고 세상에 내 이름을 가지고 끼어들 곳이 없어져버렸다. 막다른 골목에 선 느낌이 들었다. 앞으로 어떤 일이 일어날지 알 수 없었다. 나는 나를 잃지 않을 거라고 다짐했다. 나라는 나침반만 있

으면 정신을 잃지 않고 새로운 자리를 잘 가늠하며 헤쳐나갈 수 있을 것 같았다. 나의 초조함과 망설임과 불안 속에서 아기는 제 몫의 삶을 드디어 시작하려 하고 있었다.

아랫배가 뭉쳐오고 속에서 더 자리 잡을 데 없는 배가 팽팽해졌으며 한 해를 보낸 치마는 이제 자신의 쓸모를 다했다. 예정일을 넘겨 병원에 간 다음 날, 나는 아기의 얼굴을 마침내 보았다. 아기는 큰 소리로 울고 있었다. 검은 머리카락이 나 있었고 입술의 윤곽이 또렷했다. 간호사는 아기의 얼굴을 잠깐 내 눈앞에 비치고 영아실로 데려갔다.

나는 화장실의 거울에 비친 내 모습을 보았다. 배는 쑥 들어가서 눈에 익지 않았고 늘어진 뱃가죽을 만지니 빈 자궁의 부위가 말캉거리며 손에 잡혔다. 원래로 돌아온 변한 몸이 낯설었다. 아기가 세상에 나오자 내 몸이 외따로 남았다. "이제 달이 없어졌어." 나는 거울을 보고 소리 내어 말했다. 목소리 끝이 떨렸다. 아기가 떠나간 내 몸은 다시 처음처럼 빈 몸이 되었다. 외로운 몸이 되었다.

# 노을에 잠긴 놀이터

그날은 추운 날이었다. 놀이터에서 아이들이 뛰어놀기에는 추웠다. 더군다나 상가 근처에 있는 그 놀이터는 이따금 주말 마켓 장소로 쓰일 뿐 주부들은 보통 들르지 않는 곳이었다. 그런데 나는 집에서 갑갑증이 들어 여섯 살 난 아이와 함께 마을버스를 타고 몇 정거장 떨어진 이곳까지 굳이 왔다. 미끄럼틀과 그네가 있어 그나마 놀이터의 구색을 맞추고 있었지만, 담배꽁초나 휴지가 널브러진 바닥은 지저분했고 벤치에도 먼지가 끼어 있었다. 웅크리고 있는데 아이와 같은 어린이집에 다니는 친구가 들어와 그네를 타기 시작했다. 검은 코트를 입은 그 아이의 어머니도 함께 들어섰다.

그녀의 집은 우리 집과 가까운 곳에 있고 아이들도 같은 반에 다녔다. 하지만 나는 새로 구한 직장을 다니느라 어린이집 행사에 잘 참여하지 못해 다른 이들과 서먹한 편이었다. 그녀도 아이가 노는 모습만 신경 쓰고 나와 좀 떨어진 자리에 앉아 묵묵히 있었다. 고독한 생각에 잠겨 타인에게 부러 인사치레를 하지 않는 방심이 느껴졌다. 나도 누구와 말을 나누기 귀찮은 상태였지만, 이곳까지 와서 만난 데는 우리 가슴속에 뭔가 비슷한 감정이 있는 게 아닐까 하는 호기심도 들었다. 그녀가 자신의 상태에 대해 언질만 줘도, 나는 소리굽쇠가 떨리며 공명하듯 단박에 알아들을 수 있을 것 같았다.

나는 그동안 어떻게 지냈는지 물으며 넉살 좋게 다가갔다. 그녀는 지쳐 보였지만 싫지 않다는 듯 싱긋 웃으며 대꾸를 했다. 대화는 자주 끊겼고 다분히 형식적이었다. 우리를 집에서 나오게 하고 이 외딴 놀이터까지 찾아들게 한 사연을 다 말하자면 길었다. 또 그건 평범한 일상이어서 굳이 말할 거리가 아니었다. 도무지 익숙해지지 않는 감정으로 채워진 일상이기도 했다. "아이를 낳고 우울했어요." '우울'이라는 한마디가 귓가에 날아왔다. 그 말이 가슴에 와 박혔다. '나도 그랬어요'라는 말을 바로 하지는 못했다. 신중한 말마디는 그것으로 끝이었고 나는 여러 추측을 했다.

결혼 전 내내 직장 일을 하다가 아이를 낳고 집에 틀어박혀 지내고 육아와 가사가 자신을 평가하는 모든 기준이 되면 여성은 우울해지게 된다. 나는 그랬다. 매 순간 어머니로서 잘했니, 못했니 하는 안팎의 평가의 시선과 말에 시달렸다. 얼마나 갑갑했는지 그만 책상 밑에 숨어버린 적도 있었다. 내 몸을 남의 눈에 띄게 하고 싶지 않았다. 남이 계속 나에게 어머니로서의 점수를 매기는 것 같았다. 집 밖으로 달아나고 싶었다. 그런 내 모습을 상상할 때면 지레 눈물을 흘렸다. 집을 떠나지 못한다는 데 대해 스스로 화가 났고, 다른 한편 미안함이 들었다. 한낮에 아무도 들어오지 않는 아파트 안에서 갓난아기와 종일 단둘이 있을 땐 누가 문을 열어주기라도 바라는 양 닫힌 회색 철문을 종종 바라보았다.

'우울했다'는 한마디에 그 모든 감정을 떠올려볼 수 있었다. 비슷한 환경 속에서 출산과 육아를 했다는 공통적인 경험 때문이었을 것이다. 결혼 후 우리는 자신을 계속 채찍질하고 앞으로 나아가려고 했다. 우리가 교육받은 삶의 방식대로 늘 발전하고 진보하려고 했다. 그러나 어린아이를 낳고 키운다는 건 그런 도식과 맞지 않았고, 성차별적인 세상의 평가 앞에서 돌봄의 노력은 늘 평가절하당했다. 그런데도 우리가 여전히 가치 있는 사람이라고 믿어내야 했다. 생산과 발전의 논리를 떠나 내가 하는 일이 의미 있다고 여길 수 있어야 했다.

우린 어디서 그런 힘을 얻을 수 있을까? 학교와 회사에서 교육받은 대로 철저히 개인이 되었지만 돌봄의 자리에서 개인의 절실한 욕구는 받아들여지지 않았다. 파편화된 나와 아이는 횡행한 가족주의 속에서 경쟁해 재산을 불리고 교육으로 지위 상승을 성취하라고 닦달을 받았지만 그걸 우리의 시작으로 다시 삼을 수는 없었다. 우리에겐 무언가 다른 이야기 틀이 필요했다.

나중에 그녀와 나는 다시 만나서 이야기를 나누었다. 그녀는 자신이 오랫동안 출판사에서 일하며 책을 기획하고 편집하는 일을 했다고 했다. 그리고 결혼과 출산이 자신에게 어떤 느낌으로 다가왔는지 진솔하게 이야기해주었다. 나는 어머니로서 내가 겪었던 우울감과 아이에 대한 모든 것을 어머니의 책임으로 돌리는 사회의 편견과 미비한 시스템에 분개하던 참이었다. '당신 잘못이 아니에요.' 그 말을 하면서 각자 마음속에 이어지는 열정과 관심을 일깨우려 했다.

아이들은 자라났고 그녀는 그 후로 자신의 길을 찾아냈다. 그 길을 찾기까지 참 많은 생각을 하고 밤잠을 설쳤을 것이다. 내가 아이를 재우고 새벽에 뜬눈으로 원고를 써내려간 것처럼 그녀도 자신의 관심사를 파고들어 일을 지속했다. 그녀가 몇 년 후 우리 집에 와서 책 한 권을 선물로 내밀었다. '우리 신화에서 찾은 일곱 가지 지혜'라는 부제를 단 그 책은 우리나라의 신화를 '어머니'의 눈으로 다시 읽고 풀어 쓴 이야기책이었다.

마침 그때 나도 우리 신화를 찾아 읽으며 이야기를 새로 고쳐 써보고 있던 때라 더 반가웠다. 내가 좀 더 날을 세워 신화의 주인공들을 가부장제에 맞서 싸우는 페미니스트로 그리고 있던 사이, 그녀는 좀 더 온건하게 주인공들의 감정에 몰입해서 이야기를 고쳐 쓰는 작업을 하고 있었다. 우리 나라 여신들의 이름이 목차에 쓰여 있었다. 당금애기, 오늘이, 자청비,

감은장애기, 바리공주, 동해용궁따님애기와 명진국따님애기, 설문대할망 같은 이름이었다. 때마침 여성의 시각으로 옛이야기를 새로 고쳐 쓴 책들도 발간되어 좋은 평가를 받고 있었다. 하지만 여성들도 그 세대와 계층, 삶의 양태가 다양하니 그녀가 쓴 이야기는 나름대로 이유가 있을 것이다. 그녀는 마을 공부방 강좌에서 '어머니를 위한 여신 이야기'라는 제목으로 강의를 했다. 그녀가 우리 신화를 다시 쓴 이유를 그곳에서 들을 수 있었다.

"아마 다른 사람들도 자기만의 관점으로 신화를 읽고 새로 쓰고 전할 수 있을 거예요. 어떻게 보면 신화는 한 편의 시 같아요. 은유와 상징이 그 안에 있죠. 독자로서 우리가 할 일은 우리 자신의 관점으로 그 신화를 해석하는 거예요. 자신의 경험을 통해 감정이입이 되는 지점을 가지고 그 신화를 더 다양한 이야기로 다시 고쳐 써나가야 해요. 지금 여성인 나의 시선으로 신화를 보고 색깔을 입히는 것, 그것이 우리 신화가 변하면서 발전할 수 있는 방법이에요. 우리의 경험과 해석을 주저하지 말고 신화에 보태어 읽어내고 이해해야 해요."

근대화 속에서 우리 여신들은 홀대받았다. 여신들은 주로 무가 속에 남아 있는데, 무가는 굿을 할 때 부르는 노래였고 무당의 굿은 미신으로 치부되었다. 무가에 나오는 여신들은 현실의 여성들과 비슷하게 살아간다. 처음부터 능통한 신이 아니라 천대받는 자리에서 구박과 설움을 당하는 경우도 많다. 하지만 낯선 길을 나서고 위기에 맞서 용감하게 싸우는데, 그때마다 놀라운 결단력과 행동력을 보인다.

당금애기는 열두 대문 안쪽에서 꽃같이 싸여 살아도 시준님을 만나 삼형제를 낳은 다음 삼신할망이 되는 먼 길을 나선다. 오늘이는 혼자 씩씩하게 부모를 찾아가고 자신을 도와준 이들과 이무기와 연꽃 나무의 소원을 들어준다. 새로운 인연이 맺어지고 이무기는 용이 되어 승천하며 연꽃 나무 가지마다 꽃송이가 피어난다. 자청비는 남장을 한 채 금지된 학문을 배우고 심지어 여성과 혼례도 치른다. 또 자신의 짝을 찾아 하늘에 올라가서 칼날을 세워 만든 다리를 건너 시험을 통과한 다음 후일 농사의 신이 된다. 신화에 나오는 여성은 용기와 활력을 통해 새로운 길을 개척하고 다른 이들의 삶까지 가능하게 하는 선구자가 된다.

그녀는 친밀하고 공감이 되는 이야기가 무속 전통에 따른 오래된 이야기로 폄하되어 원형의 모습으로만 투박하게 남아 있는 게 안타깝다고 했다. 여성들의 이야기를 어떻게 계승하고 현대에 맞게 변화시킬지 고민하다가, 평범한 요즘 어머니의 시선으로 신화를 읽어보려고 했단다. 어머니가 우리 신화를 알게 되면 그 신화를 아이에게 이야기로 전해줄 수 있을 거라는 기대까지 했다. 옛이야기가 입에서 입으로 전해져 완성된 것처럼 우리 신화도 지금 시대에 맞게 살이 덧붙여져 재미있는 이야기로 우리 곁에 남아야 한다고 했다.

우리가 제각기 해석한 신화를 다시 쓴다면 이야기들은 풍성해질 테다. 출산과 우울을 경험한 여성이 신화를 읽을 때 그 눈이 차별받는 여신의 가려진 외로움과 분투, 아픔과 희망을 행간에서 세세히 읽어내는 것처럼 말이다. 여신들은 현실 속에서 인내하고 기다리지만 결국 자신들 삶의 고유한 의미를 찾는다. 그리고 그 힘을 공동체에 되돌려준다. 영웅이 아니라 보통 사람들에게 초점을 맞추며 평등의 가치가 확산되었듯이, 박제된 신화는 보통 사람들의 삶에 비추어져 지금 현실과 공명할 수 있는 이야기가 되어 퍼져나갈 수 있다. 감히 신화에 손을 대는 여성들이 많아졌으면 좋겠다. 오래된 이야기도 일상과 경험이 담긴 새로운 이야기로 다시 태어날 수 있다.

예전에 무당의 굿은 민가에서 자주 이루어졌다. 그날은 여성들도 주인공이 되어 웃고 울다가 몸부림쳐 소리치지 않았는가. 이전의 여성들이 험준한 삶에서 지킨 지혜와 힘을 오랜 무가에서 전해받을 수 있다. 세상에서 버림을 받아도 자신은 세상에 대한 믿음을 버리지 않고, 삶과 죽음의 경계에서 흔들리지 않고, 천지 만물과 대화를 나누며, 무엇보다 기르고 돌보고 가꾸는 삶의 자리를 지켜내는 여신. 헛된 망상에 사로잡히지 않고 서로를 위하는 자리가 가장 중요하다고 단언하는 여

신의 전언이 우리에게는 필요했다. 우리는 낳고 돌보고 키우는 경험을 통해 우리는 한계가 있는 존재라는 걸 깨달아갔고 그럼에도 자신의 길을 선택할 수 있다는 걸 알게 되었다.

사라 러딕은 《모성적 사유》에서 이렇게 말했다. "인간의 시작은 종말을 포함한다. 출생의 측면에서 인간 몸의 역사를 이야기한다는 것은, 즉 죽음보다 출산에 더 비중을 둔다는 것은 죽음의 실재성을 부정하는 것이 아니다. 출산 안에 뿌리 내려진 능력에 대한 완전한 평가는 죽음을 돌보고 보살펴야 한다는 이해를 포함한다. …… 출산 행위와 마찬가지로—혹은 태어난다는 것은—죽는다는 것은 본질적으로 누구와도 공유할 수 없는 자기 자신만의 경험이다. 그럼에도 불구하고 출산의 노고와 마찬가지로 죽는다는 것 역시 살아 있는 자의 감정을 긴장시키고 보살핌을 약속하는 사회적 경험이다."*

그 춥고 흐린 날, 놀이터의 벤치에 우두커니 앉아 있던 두 여자가 있었다. 여섯 살 된 아이들은 눈앞에서 뛰어놀고 있었지만 우리의 눈앞은 흐릿했다. 어느 순간 끊긴 것 같은 우리 앞의 길에 대해 생각했다. 놀이터 한구석에서 누구도 눈길 주지 않는 우리의 초라함에 주눅 들었다. 변한 몸과 늘어나는 주름 속에서 아쉬움과 초조함에 시달리며 한숨을 쉬었다. 앞으로

---

\*    사라 러딕, 《모성적 사유》, 이혜정 옮김, 철학과현실사, 2002, 337쪽.

어떻게 의미 있게 살아갈 수 있을지, 자신을 지키며 아이들도 지켜나갈 수 있을지 고민했다. 어느새 밀려오는 타는 노을 앞에 앉아, 우리는 이제까지 만나본 적 없는 신을 그리워하고 그 이야기를 기꺼이 들어내겠다고 그때 결심했는지 모른다.

# 뒷모습의 얼굴

광화문에 있는 골목 안 순댓국집에서 친구를 만났다. 점심 시간에 손님들이 많아 줄을 서서 기다렸다. 종업원은 손님이 자리에 앉자마자 깍두기며 김치 접시를 던지듯 날렵하게 내놓았다. 순댓국도 준비된 듯 금방 내놓았다. 굵게 썰린 순대는 색깔이 진했고 돼지고기가 떠 있는 국물도 뽀얗고 구수했다. 뜨뜻한 국물을 들이켜고 몸이 풀렸는지 그제야 파카를 벗는 사람도 있었다. 추운 날이었다. 귓가를 매섭게 스치는 바람에 목이 움츠러들고 옷깃을 여미게 되는 날씨였다. 밖에서 발을 동동 구르며 서 있던 일행은 안에 들어와서 안도의 탄성을 질렀다.

나와 친구는 조용히 국밥을 먹고 있었다. 일 년에 몇 번 만나 안부를 주고받았는데 코로나19 상황 때문에 요즘엔 그나마도 뜸해 데면데면한 기분이 들었다. 같이 밥을 먹자며 불러낸 이는 친구였고, 나는 속으로 화제를 찾고 있었다. 자주 만나야 느는 것도 이야깃거리였다. 딱히 할 말이 없는 듯도 했다. 처음 만난 곳이 봉사 단체여서 서로 깍듯이 경어를 쓰는 사이였다. 친구는 내 안색을 살피며 음식이 입에 맞는지 물었다. 나는 아주 맛있다고 했다. 연말이었다. 유리문에 매단 전등 장식이 눈에 들어왔다. 요즘 어떻게 지내는지, 즐거운 약속이라도 잡혔는지 그녀가 다시 물었다. 별로 그런 건 없다고 씩 웃어넘기고 그녀는 어떤지 물었다. 같은 질문을 받을 거라고는 예상을 못 했는지 뜻밖의 얼굴로 얼버무리듯 답했다. 그녀는 깍두기 접시를 내 쪽에 밀어주며 이 집 깍두기가 맛있으니까 더 먹으라고 했다. 고개를 숙인 채 눈을 가만히 쳐들어 나를 살피는 모습이다.

어쩐지 불편한 느낌이 들었다. 다 먹자마자 내가 먼저 일어나자고 했다. 손님들이 계속 들어오고 있기도 했다. 지갑을 꺼내려고 하자 그녀가 냉큼 손사래를 치면서 자기가 계산하겠다며 먼저 나섰다. 지난번에도 친구가 식사를 샀기에 이번에도 신세를 지는 게 부담스러웠다. 1인 가구로 사는 그녀가 아르바이트로 생활을 꾸려나가느라 형편이 별로 좋지 않다는 걸 알고 있었기 때문이다. 의아함을 알아챈 듯 그녀가 먼저 말했다. "사람들은 보통 자기가 사면 상대가 다음에 살 거라고 생각하잖아요. 그런데 저는 그렇지 않아요. 어느 순간 알게 되었어요. 나는 다음이 없구나. 사람들을 만나려면 내가 계속 노력해야 하는구나 하고요."

다음이 없는 사람. 사람들이 잘 만나려고 하지 않는 사람. 사람들을 만나도 만남을 유지하려고 먼저 애써야 하는 사람.

그게 자신이라고 그녀는 생각했다. 그건 자신의 가난 때문이라고 그녀는 생각했다. 나도 내 생활에 지쳐갈 무렵이었다. 남들에게 말하고 나서도 속이 시원해지는 게 아니라 답답해진다고 느끼던 참이었다. 그녀가 하고 싶었던 말과 내가 하지 않고만 말은 같은 말이었을까, 다른 말이었을까. 그런 말까지 듣고 나자 가만히 있을 수 없었다. 계속 입을 다물고 있으면 안 되겠다고 느꼈고, 차는 내가 사겠다고 대답하고 찻집에 앉아 좀 더 적극적으로 그녀와 대화해보려고 했다. 남에게 들려주고 싶은 이야기가 그녀에겐 많았다.

알 것 같다. 말의 허기를. 자기 말을 들어주는 이가 없을 때 느끼게 되는 굶주림을. 그녀의 말 속에서 나는 익숙한 허기를 느꼈다. 텔레비전에 나오는 화면과 라디오에서 들리는 소리로 채워지지 않는 허전함이 있다. 코로나19 때문에 대화는 더 단절되어버렸다. 직접 말을 들어주는 사람을 그리워하는 갈망이 우리에겐 있다. 아무도 자기에게 말을 걸어주지 않는다고 단정하면 사람은 좀 서글프게 된다.

안톤 체호프가 쓴 〈애수〉라는 단편소설이 있다. 나는 고등학생 때 우연히 그 소설을 읽게 되었다. 그 소설 속에는 자신의 이야기를 하고 싶어 하는 마부가 나온다. 손님들을 태우고 돌아다니지만 손님들은 마부가 하려는 이야기에 아무도 귀 기울이지 않는다. 마부는 말을 꺼내도 구박당하고 욕설을 듣고 재촉당할 뿐이다. 손님들과 함께 있었지만 마부는 외로웠다. 자기 이야기는 제대로 꺼내지 못했다. 그들의 지시를 듣고 그들이 가자는 대로 가지만 마부가 맺을 수 있는 인간관계는 딱 그만큼뿐이었다. 숙소에서 만난 젊은 동료조차 자기 말에 무관심했다. 놀라운 일은 그 모든 냉대와 멸시에도 불구하고 마부가 끝내 말을 하고 싶어 했다는 점이다. 마부는 포기하지 않았다. 결국 마부는 마지막에 자신의 말에게 속엣말을 한다. 아들이 죽었다고. "이 세상을 떠나버렸지…… 허무하게 떠나버렸다고…… 만일 말이다, 너에게 새끼가, 네가 낳은 새끼가 있다면 말이다…… 그런데 갑자기 말이다, 그 새끼가 죽었다면 말이다…… 얼마나 괴롭겠니?"[*] 묵묵한 말만이 그의 목소리를 마지막에 들어준다.

바야흐로 외로움의 시대가 열렸다. 외로운 사람이 늘어난다는 신문 기사를 읽었다. 서울연구원이 최근 반년 동안 서울에 혼자 사는 3000여 명의 사람들을 대상으로 조사해보니 세 명 중 두 명은 자신이 '외로운 상태'라고 생각했다고 한다. 외로운데도 아무것도 하지 않는다고 답한 1인 가구도 있었다. 노년 1인 가구와 여성 1인 가구는 남성 1인 가구, 청년 1인 가구에

---

[*]   안똔 체호프, 《개를 데리고 다니는 부인》, 오종우 옮김, 열린책들, 2009, 35쪽.

비해 외로움에 잘 대처하지 못하는 상황에 있었다.[**] 2020년 기준으로 전체 가구 수 중 1인 가구는 31.2퍼센트였지만 2050년이 되면 열 가구 중 네 가구가 1인 가구가 될 거라고 한다.

일상 속 마부의 속사정을 한번 그려본다. 자신의 말을 듣지 않는 사람 앞에서 비참함을 느꼈다. 상대의 눈치를 보고 한껏 기분을 맞추려 하지만 자신은 그런 배려를 받지 못하니 쓸쓸했다. 자기 형편보다 나은 이가 생활이 만족스럽지 않다고 불평을 늘어놓는 소리를 할 땐 속으로 코웃음쳤다. 기껏 생각을 짜내 맞장구를 쳐도 자신의 격려 따위는 가볍게 취급되니 분노를 느꼈다. 높은 양반 앞에서 긴장해서 어색하게 행동하는데 굼뜨다고 다그칠 때는 당황했다. 자신에게 친절하게 대해주지만 경멸의 시선으로 훑어보는 상대에게 모멸감을 느꼈다. 너는 나보다 못하다고 선을 긋는 상대의 우쭐함 앞에 화가 났다. 말하고 싶은데 한마디도 하지 못해 비참했다. 자신은 남들의 관심사에서 삭제되어 보이지 않는 존재라는 걸 깨달았다. 상대는 저만의 관심과 잇속에 따라 자신을 멋대로 재단했다.

불평등한 관계에서 외로울 때 마부는 무엇을 외치고 싶었을까? 무엇을 더 말하고 싶었을까? 위축감에 눌리지 않고 자신의 경험과 생각과 느낌을 표현할 수 있었을까? 남들이 초라

---

[**] 〈1인 가구 62% "난 외로운 상태"〉, 《경향신문》, 2022. 5. 25.

하다고 이름 붙이는 자신을 스스로 미워하지 않고 결국 긍정할 수 있었을까? 고통에도 불구하고 남에게 또다시 마음을 열어볼 수 있었을까? 차별 속에서 더 나은 선택을 하고 인간성을 존엄하게 지켜낼 수 있었을까?

사람들은 분리되고 있다. 하지만 그걸 연결하려는 노력도 이어진다. 마을에서 이웃의 건강을 위해 방문 활동을 하는 이를 만나 이야기를 들어보았다. 그녀는 노인들을 주로 만났는데, 코로나19 상황이 이어지니 안타깝다는 말을 전했다. 노인들이 나가서 산책을 하기도 마땅치 않았다. 누군가를 만나 속을 터놓을 수도 없게 되었다. 경로당도 문을 닫아버렸다. 경로당은 은근히 텃세가 있었다. 상대적으로 좀 여유로운 노인들이 가는 곳처럼 여겨져 어울리지 못하는 노인들이 있다고 했다. 궁색한 행색을 드러내고 남들의 군말을 감당하느니 차라리 집에 박혀 있는 게 낫다고 여겼다. 그들은 오갈 데가 없어 놀이터나 주차장의 빈자리에 나와 앉아 있었다. 출입 금지라고 써 붙인 공터 자리에 노인들은 나왔다. 그곳에서 무언가를 기다렸다.

자식들이 전화를 해서 감염병 때문에 위험하니 사람을 만나지 말라고 신신당부를 했다. 이웃의 발길도 끊겼다. 대면 접촉이 금지되니 규칙적으로 오던 봉사자의 방문도 뜸해졌다. 만나서 챙겨주던 이들이 방침상 문 앞에 서서 안부만 묻고 목소리를 확인하고 뒤돌아서는 일이 생겨났다. 그녀가 말했다. 돌아서서 가려는데 어르신이 그 안에서 계속 말을 하고 있다고. 그 순간이 다른 사람과 말을 나누는 유일한 시간이니 계속 말을 하고 싶어서 보이지 않는 안쪽에서 이야기한다고. 문 하나를 사이에 두고 전해지는 사람의 목소리를 잠시라도 더 붙잡고 싶어 한다고. 문 쪽에 머물러 서서 얼굴을 바짝 대고 쉬지 않고 말하고 있었다. 그래서 그들은 사람을 그리워하고 만나고 싶어 하는 힘을 잃지 않았다. 닫힌 문을 사이에 두고 그 문이 열린다고 상상했다. 소통을 포기하지 않은 이에게 삶의 맥박은 느리지만 여전히 뛰고 있다.

그녀가 말했다. "어르신들은 한 분 한 분 다 아름다워요. 집집마다 다 다른 모습이구요. 그러니까 이 일이 좋은 거예요. 노인들은 다 똑같다 여길지 모르지만 실은 그렇지 않거든요. 만나다 보면 다 달라서 제가 이 일을 즐겁게 할 수 있는 것 같아요. 나도 나중에 그렇게 아름답게 될 수 있을까 생각하면서요. 저는 실버 레크리에이션을 하기도 하는데 앞에서 춤추며 그분들에게 아름답다고 말씀드려요. 그러면 그분들이 그 말을 따라 저한테 해주세요. 생각해보면 저한테 그렇게 말해주는 이도 그분들뿐인 것 같아요. 그래서 저도 그 곁을 지키는 건지 몰라요."

우리는 살아간다. 계속 경험하고 소통하고 표현해간다.

삶을 공평하게 누리는 일은 경제 수준이나 가구 형태나 나이로 제한되면 안 된다. 소통은 막혀서는 안 된다. 타인의 잣대로 누군가가 삶에서 쫓겨나면 안 된다. 신문에서 이런 글을 읽었다. "가장 성숙하지 못한 접근은 나이 듦에 대한 타자화다. 나이가 들면 경험, 성숙, 세월의 멋, 지혜 등이 저절로 따라오는 것처럼 말하는 방식이나 반대로 노추老醜, 노욕에 대한 노골적인 경멸이나 '곱게 늙음'에 대한 강박과 칭찬이 난무한다. 나이 듦에 대한 타자화란 긍정적이든 부정적이든 특정 연령대에 대한 임의적 규정이다."*

　미술 전시회에 가게 되었다. 처음 가본 역 주변은 한산했다. 쌀쌀해서 오가는 이도 드물었다. 작은 갤러리를 찾아갔다. 광화문에서 같이 순댓국밥을 먹은 친구의 이름이 유리창에 붙어 있었다. 그녀는 화가였다. 오랫동안 집에 틀어박혀 작업했다는 그림들이 전시되어 있었다. 안에는 조명등이 밝혀져 있었다. 모퉁이 구석 자리에 걸린 작은 그림 하나가 눈에 들어왔다.

　회색 치마를 입고 땅바닥에 쭈그려 앉은 노인의 뒷모습이었다. 캄캄한데 노인은 무언가를 마주한 듯 골똘하게 앞을 보고 앉아 있었다. 아무 일이 일어나지 않았는데 무슨 일이 일어

---

*　정희진, 〈[정희진의 낯선 사이] 위스키 온 더 락, 얼음의 법칙을 따르자〉, 《경향신문》, 2022. 5. 18.

날 것 같았다. 노인이 고개를 들고 있었으므로. 그 자리에 주저
앉아버린 게 아니라 금방이라도 일어설 듯 웅크리고 있었으므
로. 부푼 커다란 치마는 노인을 외롭지 않게 떠받쳐주는 듯 보
였다. 노인이 견뎌나갈 수 있게 둘러싼 것처럼 보였다.

　무엇을 보고 있을까. 누구도 안부를 묻지 않고 남에게 말
을 할 의욕도 잃었다. 하지만 시간은 여전히 흘렀고 노인에게
는 자기만의 존엄한 삶이 있었다. 그녀에게는 자신의 숨소리
와 따뜻한 입김이, 바람에 흔들거리는 치마와 오르내리는 몸
이 남아 있었다. 아무도 눈여겨보지 않더라도 그녀는 품위를
지키며 자신의 시간을 만들어내고 있었다. 어둠에 완강히 맞
서 귀퉁이에서 뚜렷한 존재감을 드러내었다. 단지 그녀가 있
다는 이유만으로 그림에는 긴장감이 생겼고 생기가 돌았다.
마주하지 못한 그 얼굴을 상상해보았다. 모든 쓸모를 다한 자
리에서 우리를 정말 인간답게 만들어주는 건 그 보이지 않는
얼굴을 상상할 수 있는 능력일 것이다. 인간은 쓸모가 아니라
꿈으로 증명되어야 하니까. 그 뒷모습이 눈 안에 들어와 떠나
지 않았다.

# 접혀 있던 흰 날개

"선심도 돈 같은 거야. 함부로 낭비하지 마."

〈그것만이 내 세상〉(2018)이라는 영화에서 나온 대사다. 나는 그 말을 듣고 순간 몸이 굳어버리는 것 같았다. 한 번도 그렇게 대놓고 생각해본 적이 없어서 조금 상처를 받는 기분이 들기도 했다. 하지만 곧 수긍하게 되는 부분이 생기는 걸 보면 막말에 가까운 그 말이 어쨌든 사람들에 대한 관찰을 포함한 것 같았다. 일상에서 사람들은 재빨리 상대를 간파한다. 사람들은 지위와 빈부 차이 같은 사회경제적 격차에 대해 계산하고 상대에 따라 다른 말투와 태도를 취한다. 영화에서 그 말을 한 이는 공교롭게도 부잣집 주인이었다. 으리으리한 테이블의 상석에 앉은 주인이 손녀인 가율에게 경고하면서 던진 말이다. 손녀의 앞에는 그녀가 잘못 운전해 부상을 입힌 남자 김조하가 있었다. 그는 '가난뱅이'다.

가난한 이들은 으레 부자들을 뜯어먹으려 덤빌 거라는 편견에 차, 주인은 "너 상습범이지?" 하고 일단 모욕부터 준다. 손녀가 가난뱅이에게 따뜻한 말을 건넬까봐 매섭게 쏘아붙이면서 말이다. 그 말의 속뜻은 이렇다. 가난뱅이에게 잘해주면 더 들러붙을 거고 한밑천 잡으려 부자를 못살게 굴 것이다. 그러니까 말도 섞지 말고 거리를 두면서 아예 기대할 빌미를 주어서는 안 된다. 친절한 말은 부자의 값비싼 시간과 에너지를 쓰는 것이니, 돌아올 곳이 분명하고 꼭 필요한 데만 써야 한다. 돈의 낭비를 막듯 기운의 불필요한 낭비는 막아야 한다.

그 속뜻을 '가난뱅이'로 찍힌 조하는 단박에 알아챘다. 사실 모욕을 받는 사람은 그 누구보다 뼈저리게 자신이 차별을 받는다는 것을 알고 있다. "난 그런 사람 아니거든요……" 그는 욱한 마음에 당당히 화를 내고 자리를 박차고 나갔다. 하지만 나오면서 사과 하나를 홧김에 휙 들고 온다. 배고픈 그가 미처 다 하지 못한 기름진 식사 대신 집어 들고나온 과일 하나였다. 그는 채워지지 않는 허기와 지켜야 하는 자존심 사이에 서 있었다.

주인이 처음에 던진 그 대사는 영악하고 영리한 듯하지만 실은 어리석은 말이라고 나는 생각했다. 그렇게 차갑게 울타리 치고 내 것, 네 것을 따지고 든다면 이 세상에서 아무도 생존할 수 없다. 타인의 노동에 기생해 살아가는 부자들부터 생존할 수 없다. 실제로 가난한 이들은 그 대사가 낙인찍은 것처럼 남의 선심을 바라며 비굴하고 게으르게 구는 이들이 아니다. 그건 단지 편견에 찬 환상이다. 가난한 이들은 대부분 노동하는 이들이고 대가 없는 세상을 한 번 더 믿으면서 자기 삶을 놓지 않고 책임지려는 이들이다. 쪽방 생활만 70년 가까이 했다는 한 사람은 이렇게 말했다. 그는 자신이 베풀면 돈으로 따질 수 없는 더 많은 것이 돌아온다고 믿었다.

"인간이 태어나서 제일 중요한 게 뭐요? 대인 관계가 제일 중요한 거야. 내가 베풀어야 그 사람이 내 마음을 알 것이고 그럼으로써 내 한 사람으로는 외롭지만 여러 사람이 모이면 즐거움이 되잖아. 그 마음으로 나는 평생을 살아왔어."[*]

나는 계속 영화를 보았다. 불안정한 일자리를 전전하는 조하는 가족조차 자신의 진심을 거듭 오해해서 견딜 수 없이 괴롭다. 화가 나서 소리를 버럭 지른다. 세상은 추웠고 자기에게 상처만 주는 것 같았다. 타인의 시선이나 말은 처음부터 자신에게 호의적이지 않아서 처음부터 아예 마음을 닫고 받아들이지 않는 쪽을 택했다. 이때까지 진심으로 자신의 속내를 궁금해한 사람도 없었다. 자신이 세상에 자리 잡을 기회가 없었고 그 기회가 앞으로 생길 리도 없었다. 막다른 궁지에 몰려 소리를 버럭버럭 지르고 악다구니를 치면서 자신의 경계를 지키려 한다. 남이 함부로 말하거나 간섭하지 못하게 강한 방어막을 친다. 남들이 자신을 하찮게 여겼으므로 그렇게 자존심을

---

[*]   홈리스행동 생애사 기록팀,《힐튼호텔 옆 쪽방촌 이야기: 우리는 양동에 삽니다》, 후마니타스, 2021, 220쪽.

지키려 한다. 꾹 참고 있는 감정의 둑이 터지지 않게 일체의 감정적 자극을 피했다. 남을 믿었을 때 배신이 돌아오는 경험을 더 많이 해서 아예 믿지 않기로 작정했다.

어쩌면 세상 사람들은 자기보다 못한 사람을 발견하려고 혈안이 된 건지도 몰랐다. 사람들은 타자가 될 이를 찾아내고 의도적이고 이기적으로 그의 경계를 침범했다. 마치 그의 마음은 인간의 마음이 아니라는 듯이. 그의 진심은 아무렇게나 주물러 대도 아프지 않을 거라는 듯이. 조하는 그 익숙하고 집요한 침범을 막으려고 애쓴다.

농담과 허세와 위악으로 외롭다는 감정을 견뎌내려 한다. 오랜만에 만난 어머니는 아들이 짓는 표정의 뒷면을 읽어낼 수 있었다. 하지만 어머니조차 조하의 마음을 바로 열 수는 없었다. 버림받아 홀로 애쓰며 자랐고 복싱을 하면서 일하다 이제 나이 들고 지쳐버린 조하는 가족에게조차 처음엔 마음을 열지 못한다.

또다시 테이블 장면이 나왔다. 이번엔 조하와 가율의 재회다. 그날 조하에게 한마디 말을 붙이다가 매섭게 무안당한 가율이 조하를 다시 만났다. 조하는 생각했을 것이다. 모든 면에서 자신과 딴판으로 살아온 사람이 앞에 앉아 있다. 가율은 상류층에서 자라 부유하고 젊을뿐더러 아름답다. 아무것도 부러울 것 없어 보이는 그녀가 굳이 만나자고 자신을 불러냈다.

둘은 어색하게 마주 앉아 있었다. 도대체 둘 사이에 무슨 대화가 가능할까?

가율이 조하의 몸이 어떤지 물으며 정식으로 사과했다. 자신이 낸 교통사고에 조하가 그만 피해를 입었기 때문이다. 조하는 그 말조차 귓전으로 들었다. 그의 생각에 이건 자기를 가지고 장난치는 일밖에 안 된다. 자기 몸과 마음에 상처를 준 이들이다. 이들의 사과 따위는 감정놀음일 뿐이다. 분초를 다퉈 먹고살기 바쁜 사람을 귀찮게 구는 짓거리일 뿐이다. 조하는 위악적으로 얼마 줄 거냐고 빈정거렸다. 진심을 거절당한 가율은 눈빛이 흔들리다 그 말을 바로 받아치면서 진짜로 돈을 내준다. 이상하게도 가율은 돈을 내주건 욕을 듣건 수모를 무릅쓰고 앉아 있었다. 아직 못한 일이 있었기 때문이다. 자신의 사과를 진심으로 전하고 싶었기 때문이다.

이번엔 조하가 어리둥절해졌다. 가난한 이들은 돈만 밝힌다는 편견 때문에 상처를 받아 한번 해본 소리인데 진짜 돈을 받았다. 그 기세에 눌려 엉거주춤하게 앉아 있었다. "깡이 좋네." 조하가 말했다. 비속어를 쓰면서 궁금증을 표현한다. 조하는 마음을 솔직하게 표현해 전달하지 못했고 예의 있고 점잖게 말하지도 못했다. 관심도 빈정거리는 소리로밖에 하지 않았다. "우리 쪽이야 워낙 그런 걸로 사니까. 그쪽은 아니잖아." '부자'라는 말이 조하의 입에서 흘러나왔다. "그런 사람들이 깡은 더 세요." 가율은 조하를 똑바로 쳐다보았다. 가율은 단지 노력하면서 이야기를 하고 싶어 했을 뿐이다. 인간이 서로가 서로의 말을 듣고 대답할 수 있는 존재라는 가능성을 믿으면서.

가율의 흰 원피스 안에는 사고 때문에 잃은 다리 대신 의족이 달려 있었다. 그 사실을 알게 된 조하는 당황해버렸다. 피아니스트였던 가율은 자신이 저지른 사고로 장애를 가지게 되었다. 조하는 이해할 수 없다. 무엇이 부족해서 가율이 불행한지 알 수 없었다. 조하는 위악적으로 굴지언정 튼튼한 두 팔과 다리를 가지고 세상에 한껏 방어를 하면서 자기 힘으로 살고 있지 않은가. 가율이 자신의 다리가 떨어져 나가도록 스스로 파괴하는 이유를 조하는 알 수 없었다.

이제 가율의 이야기를 조하가 들었다. 피아노 연주를 마친 어느 비 오는 밤에 그녀는 달아났다. 틀에 박힌 현실에서, 경쟁이 치열하고 능력을 제대로 평가받을 수 없는 위선의 세계에서, 그 속에 갇혀 있는 자신에게서 달아나고 싶어 속도를 높여 차를 운전했다. 충동에 그만 자신을 맡겼다. 희고 검은 가지런한 건반에서 달아나버렸다. 차가운 규칙의 세계에서, 박수 속에 쏟아지는 냉정한 평가의 세계에서 달아나버렸다. 가율이 말끝에 조하에게 솔직히 말했다. "어쩌면 델마와 루이스, 그 영화 생각했던 것 같아요. 날개 달린 듯이 하늘로 푹 날아가던 거……"

　나는 순간 감정이 실린 그 얼굴을 뚫어지게 보았다. 〈델마와 루이스〉(1991). 그 두 여성처럼 떠나고 싶어 했구나. 벼랑으로 질주하는 차 안에서, 쏜살같이 달려 결국 그대로 허공에서 날개를 펴고 날아가기를 꿈꾸었구나. 그런 질주는 꿈에서나 가능하지 현실에선 불가능했다. 탈출을 꿈꾼 단 한 번의 시도로 잘린 다리가 그걸 보여주었다. 가율은 어째서 생판 남인 사람 앞에 속내를 말하고 있을까?

　긴 흰 치마의 비밀을 알아버린 조하가 그만 마음의 주먹을 풀어버렸다. 자신에게 고통이 있는 것처럼 타인에게도 고통이 있다는 걸 이해해낸다. 상대와 눈을 맞췄다. 한 인간으로서, 도대체 이 사람은 어떤 상황에 놓여 있으며 무엇으로 아파하는지 관심을 두기 시작했다. 두려움이나 미움에 찬 독설 따위도 치워버리고 말이다. 자신과 똑같은 외로움은 아니어도 다른 이에게는 그 사람만의 삶 속에 흐르는 무언가가 있다. 그 이야기를 듣고 싶다고 처음으로 마음을 열어본다. 그래서 자신에 대한 혐오를 잊고 무력함과 분노를 미루고 타인의 시간 속으로 걸어 들어간다.

　그 순간 나는 두 사람이 날아가고 있다고 생각했다. 대화가 되지 않는 이와 대화하려고 애쓰는 것, 각자의 편견 너머에 있는 실재 인간을 이해해내려고 눈을 맞추는 것, 말 속에 숨은 상대의 진심에 귀 기울여보는 것, 때로 흐르는 침묵까지 견디며 그 순간 함께 앉아 있어보는 것. 그때 우리는 각자의 감옥에서 나와 다른 이야기를 만들어갈 수 있는 가능성을 찾는다. 그 자리는 접힌 날개를 펼치고 다시 한번 날아갈 수 있는 자리가 된다.

5

끝나지
않은
멜로디

# 처음 본 증명사진

　나무의 잎들이 떨궈졌다. 한두 달 전까지 나무에 매달려 있던 물든 잎들이 보이지 않게 되었다. 나뭇잎들이 저마다 다른 모습으로 떨어져 내리던 모습을 기억한다. 단풍은 물속을 헤엄치듯 공기 중에 유유히 떨어지기도 했고, 세찬 바람을 타고 힘차게 이리저리 움직이기도 했다. 한 나무에 매달려 있었다 해도 똑같이 생긴 나뭇잎은 하나도 없었다. 어떤 나뭇잎은 좀 더 붉거나 얼룩덜룩해 보였고 어떤 나뭇잎은 더 크거나 작아 보였다.

　하나하나 자신의 받아온 햇빛과 스쳐 보낸 바람과 결심대로 다른 모양을 한 나뭇잎들이었다. 그 나뭇잎들은 낙엽이 되어서도 제각기 개성을 뿜어대며 허공에 다른 길을 그리고 떠나갔다. 멀리서 보면 작고 민첩한 울긋불긋한 새들이 날아다니는 것 같았다. 땅에 떨어진 낙엽들도 회오리바람을 타고 다시 허공으로 솟구쳐 날아올랐다. 나뭇잎들은 한철 나뭇가지에 앉았던 새들의 비상을 기억하고 따라 날아보는 건지도 모른다. 이번만큼은 나뭇잎들의 독무대였다. 오래 기억하고 기다려온 나뭇잎들은 보아주는 이 없어도 추억과 기대에 차서 자유롭게, 단 한순간으로 짧게 하나씩 비상하고 있었다.

덕수궁미술관에서 박수근 화가의 전시회가 있었다. 덕수궁의 오래된 나무들도 잎을 거의 다 떨어뜨렸다. 나는 나목들의 향연을 보게 되리라. 을씨년스런 풍경과 딱 맞아 떨어지게 쓸쓸하지만 어쩐지 충만해 보일 나목들. 자연의 나목에서 받는 감동에 더해, 그림 속 나목에서 무언가 새로운 것을 보게 될 것 같았다. 화가의 붓질이 스친 나무를 보고 싶었다. 나뭇잎들이 떨어져 나간 나목의 허전한 자리를 화가는 무엇으로 채웠을까.

어렴풋이 친척들을 떠올렸다. 평생 일만 하고 전시회 같은 곳에 오는 걸 막상 낯설어하는 어른들이었다. 이제는 여든이 넘은 분들이다. 전쟁을 겪고 역사의 풍랑 속에서 살기 위해 이리저리 바쁘고 고단하게 애쓴 얼굴들이 떠올랐다. 이런 자리에 오면 정작 와야 할 이들은 못 오고 감상을 소일거리로 늘려가는 내가 왔다는 생각이 든다. 관객들은 마스크를 쓰고 기대에 찬 모습으로 가벼운 걸음을 옮겼다. 방역 단계가 완화되어 가족과 친구들과 함께 와 밝은 목소리로 대화하며 움직이는 이들을 보니 모처럼 봄의 풍경을 맞는 듯했다. 초등학생의 손을 잡고 다니며 설명해주는 부모도 있었다. 나도 그들의 뒤를 따라 천천히 걸음을 떼었다.

전시는 화가의 일생을 시간 순으로 보여주었다. 먼저 가난했던 화가의 어린 시절과 밀레를 동경해 혼자 스크랩북을 하며 독학으로 미술 공부를 했던 시절에 대한 것이었다. 일찍 어머니를 잃고 동생들을 돌보며 화가를 꿈꾸던 시절에 그린 습작들이 전시되어 있었다. 서구 미술에 대해 보고 들을 것이 적었지만, 신문과 잡지에 실린 그림 조각들을 열심히 오려 붙이고 따라 그리며 화가가 되어갔다. 삶의 고달픔을 몸으로 알고 있는 이가 그 경험을 간직한 채 예술가가 되었다는 건 고난에 찬 세월을 살아간 모든 이에게 행운이다.

'언니'는 동생들을 키우고 집안일을 하도록 몰렸다. "누가 위대했건 아니건 우리를 업었던 언니들 없이는 여기까지 올 수 없었다. 현대사를 새로 써야 하는 이유다. 그렇게 도착한 선진국에서 어떤 언니들은 할매가 되어 아직도 가장 낮은 곳에서 우리를 업고 있다"고 사회학자 조형근은 지적했다. 1930년대에 다산은 여전했지만 근대 의료의 보급으로 영유아 사망률이 낮아졌다. 일제강점기에 여성들은 이전 시대와 달리 더 많은 노동을 정책적으로 강요받았다. 바쁜 어머니 대신 큰딸이 동생들을 업어 키우게 되었다. 근대 교육이 보급되면서 남자아이는 초등학교에 갔지만 여자아이에게는 그런 기회가 없었다. 1940년께 도시의 남자아이 열 명 중 아홉 명이 초등학교에 갔지만 농촌의 여자아이는 열 명 중 한 명도 채 학교를 가지 못했다.[*]

우리 고모가 떠올랐다. 일찍 어머니를 병으로 잃고 동생들을 돌봐야 했던 고모가 언젠가 내게 전화로 하소연했다. 고모가 업고 키운 막냇동생이 우리 아버지였다. "나도 남자처럼 학교에 가서 배우고 싶었어. 그런데 그땐 여자아이가 학교에 간다고 하면 집에서 절대 안 된다고 했지. 어린 동생들도 봐야 하고 농사일도 거들어야 하고 집안일도 해야 하는데 여자애에게 돈을 써가며 공부를 시키는 건 안 된다고 했어. 선생님이 우리 집까지 찾아와서 이 애가 똑똑하니까 공부를 시키라고 설득했는데도 그 말을 듣지 않았어."

고모는 선생님의 방문에도 불구하고 배울 기회를 놓쳤다고 아쉬워했다. 학교에 가는 대신 그 소녀는 동생을 업고 다녔고 농사일을 하고 샘에 가 빨래를 했다. 시집을 갈 때도 자기를 따르는 동생을 두고 가야 해서 가슴 아팠다고 했다. 결혼해서도 밖으로만 도는 남편 대신 혼자 아이들을 키우다시피 하면서 배움에 대한 꿈은 더 멀어졌다. 고모는 한숨을 쉬었다. "내가 밤에 요즘 잠이 안 와. 집 안 정리를 해보니 그릇도 다 깨진 그릇들뿐이더라고. 이런 잡동사니를 끌어안고 내가 평생 살아왔구나 싶은 생각이 들었어."

---

*   조형근, 〈[조형근의 낮은 목소리] 언니에게 업혀서 여기까지〉, 《한겨레》, 2022. 6. 14.

애써 살아온 삶이 아무 쓸모 없는 잡동사니같이 느껴질 때 사람은 맥이 빠진다. 하지 못한 것을 그리워하게 된다. 하지만 그게 대부분 사람들의 삶이었다. 평범한 일상을 지키기 위해 모든 힘을 쏟아야 했다. 아무도 대신 지켜주지 않는 삶을 위해선 종일 바쁘게 일해야 했다. 금이 간 그릇들 앞에 주저앉아 허무해지지 않으려면 무엇을 더 해야 했을까? 아무도 주목하지 않았다. 그녀가 무엇을 하고 싶어 하는지. 무엇 때문에 잠 못 이루었는지. 무엇을 위해 일했고 무엇을 얻었으며 잃었는지 말이다.

나는 한 그림 앞에서 걸음을 멈췄다. 아이를 업고 우뚝 서 있는 치마저고리 차림의 소녀였다. 그 당시 어디에서나 배경으로 스쳐 갔을 풍경이었다. 어린아이를 업은 조그마한 여자아이. 우물가에도 길가에도 논밭에도 스쳐 지나갔을 모습. 볼품없고 특색 없는 모습이었을 테다. 그 여자아이가 무엇을 생각하고 꿈꾸는지 아무도 묻지 않았다. 그런데 화가의 눈이 그녀를 보아냈다. 아무도 보지 않는 그 여자아이를 똑바로 마주 보고 화폭 안에 담아 보이게 해주었다.

그림 속에 있는 그 소녀는 혼자가 아니었다. 표정이 자세히 드러나진 않지만 자기 얼굴을 가지고 있었다. 그 시절 주목받지 못한 그녀들 덕분에 황폐한 자리에 무언가가 쌓여나갔다. 땅을 식히며 내리는 눈처럼, 그들은 메마른 자리를 희디희

게 수북수북 채워나갔다. 초대받지 못했던 아이들이었다. 가장 기름진 상 앞에서 물러나 늘 바지런히 물을 긷고 빨래를 하고 아기들을 어르던 소녀들이었다. 그 속에는 동생들을 직접 키운 화가의 숨은 경험도 같이 들어 있는 것 같았다.

무엇을 어떻게 볼 것인가? 화가는 고민했다. 무엇을 어떻게 그릴 것인가? 화가는 용감했다. 그림다운 관습적인 소재를 찾는 게 아니라 자기 삶과 일상 속에 숨은 진짜 얼굴들을 주인공으로 내세웠다. 그걸 지켜보는 자신의 묵묵하고 강인한 시선은 그 얼굴들 옆에 있는 나무로 그려지기도 했다. 막막한 캔버스 위에 그는 그 시대에 가장 흔했던, 그리고 사람들이 눈여겨보지 않았던 돌보는 여자아이를 주인공으로 세웠다. 벽에 걸어놓아 모두가 올려다보는 자리에 아이를 업은 치마저고리 차림의 소녀가 우뚝 서 있다. 그것이 우리가 볼 수 있는 풍경이다. 보아내어야 하는 모든 풍경이다.

소녀는 이제야 주인공이 되었다. 그녀가 무엇을 생각하고 느끼고 꿈꾸는지 모두가 집중해 쳐다본다. 돌보는 소녀의 마음속으로 관객의 눈이 빨려 들어간다. 그 소녀가 보는 세상 속으로 다른 이들이 걸어간다. 낮고 작고 보잘것없는 삶을 정면으로 세우고 한 장의 그림으로 보여주는 데 화가는 혼신의 힘을 쏟았을 것이다. 그 삶의 옹호자가 되기로 한 무언의 결단이 있었을 것이다. "나는 인간의 선함과 진실함을 그려야 한다는 예술에 대한 평범한 견해를 지니고 있다." 화가의 말이다. 표정이 없어도 되고 윤곽이 거칠어도 되었다. 그 묵묵한 얼굴이 우리 삶에서 가장 중요한 얼굴이었다는 걸 그림을 보는 순간 알게 되니까.

나는 불러오고 싶다. 길러내고 돌보아내었지만 주목받지 못한 그 모든 소녀들을. 천대받고 모욕받고 배 주리고 고통받은 그 잊힌 여자아이들을. 스스로 보지 못한 자신의 모습을 보여주고 싶다. 그 모습이 얼마나 아름다운지 알려주고 싶다. 사람들은 제대로 보지 못했고 온당하게 대접하지 못했다. 돌보는 삶을 업신여기는 데 익숙한 이들은 현실 속에선 작은 소녀가 크게 벽에 서서 자기를 보라고 하는 데 당황할지 모른다. 이 작품을 바로 보려면 화가가 그랬던 것처럼 그 평범한 모습에 경탄하고 감동을 받아야 한다. 보는 법을 배우는 순간에 밀려난 삶들은 바로 세워진다.

그 소녀들은 다른 그림에도 있었다. 〈나목〉에도 있었다. 나목의 굽은 가지는 아기를 업고 우두커니 서 있는 단발머리의 여자아이에게 쏠려 있었다. 그 소녀가 보고 있는 건 광주리를 이고 행상을 나가러 길을 떠나는 어머니다. 〈나목〉의 굽은 나뭇가지는 왼편에 있는 소녀에게 치우쳐 있지만 어머니의 가는 옆모습에도 있다. 어머니는 떠난다. 하루치의 식량과 귀가를 약속하며. 어머니는 돌아올까. 과연 그 약속을 지킬 수 있을

까. 포대기 아래 뒷짐을 지고 고개를 어머니 쪽으로 향한 소녀는 속으로 묻는다. 앙상한 나목이 화면을 가로질렀다. 소녀는 저편의 어머니에게로 다가갈 수 없었다. 자신이 업고 있는 아기를 지켜내야 했다. 그처럼 어머니는 자신들을 지키기 위해 먼 길을 떠나고 있었다. 지금 이 자리에서 마지막으로 보이는 어머니는 돌아온다고 했지만 실은 기약 없이 세상 속으로 떠나고 있다. 보내기 싫어도 보내야 하고, 앞으로 함께 있으려면 지금 헤어져야 한다. 간절한 기다림과 희망을 품고 지금 소녀는 헤어진다.

어머니가 화면 밖으로 떠나 사라진 다음에도 소녀는 고개를 그쪽으로 한 채 계속 서 있을 것 같다. 어머니를 나목 자리에서 다시 떠나보내고 떠나보낼 것 같다. 그 안타까운 거리가 느껴져서 나는 그림 앞에 서 있었다. 그들을 가로막고 선, 그러나 이어주는 나목의 모습이 현실이면서도 꿈처럼 다가왔다.

한참 만에 몸을 돌렸을 때 많은 이들이 그 그림 앞에 발길을 멈춘 모습을 보았다. 한 무리의 사람들이 열심히 사진을 찍었다. 벤치가 하나 놓여 있었는데 그들은 그곳에 앉거나 그 앞에 서서 순서를 다투어 찰칵찰칵 사진을 찍었다. 무엇 때문에 이들은 이 자리에 모여 갈급하게 그림을 보고 또 보고 싶어 하는 것일까? 사진을 찍는 데 열중한 사람들을 본 순간, 눈물이 났다.

우리는 비로소 과거와 만났다. 이 한 장의 그림 앞에서 잊힌 순간을 불러냈다. 이 그림은 우리를 여기에 있게 한 이들의 초상화였다. 우리에게 살과 뼈를 물려주고 키워준 이들의 삶이 담긴 모습이었다. 그들의 진짜 삶과 견뎌온 고통에 대해 우리는 물려받은 것 없는 사람들이다. 하지만 이 그림을 통해 우리는 지금 그것을 물려받고, 나목의 뿌리와 자신의 뿌리를 이으면서 안도한다. 지나온 삶이 꿈이 아니라 사실이었다고, 우리의 존재가 허깨비가 아니라 과거와 이어진다고 믿을 수도 있었다. 그리고 온 집 안을 뒤져도 없던 사진 한 장을 마침내 찾아내어 가슴에 품는 것처럼 기뻐하고 안도한다. 〈나목〉이 견디고 기다린 침묵의 시간이 무엇인지 안다. 희망을 버리지 않고 애써온 걸음이 무엇인지 기억한다. 이 그림은 길이 끊겼던 존재의 증명사진이다.

# 메콩강의 여자들

나는 어릴 때 내성천 가까이에서 살았다. 낙동강 지류인 내성천은 경상북도 봉화군에서부터 흐른다. 내성천은 남쪽으로 흐르다 영주시와 예천군을 지나고 문경시에서 낙동강에 합류한다. 아버지는 안동 사람이었다. 1976년에 안동댐이 낙동강에 준공됐다. 아버지가 다닌 학교는 사라지고 다리도 물속에 잠겨버렸다. 언젠가 신문에서 물이 빠진 자리의 사진이 나왔을 때 아버지는 어릴 때 다니던 다리가 그대로 그 안에 남아 있다며 반가워했다.

어린 시절, 큰집 앞길에 도로 공사가 한창이더니 흙길에 일자형으로 도로가 깔렸다. 어른들은 갑자기 생긴 도로에 사람이 다칠까봐 걱정하는 소리를 했다. 주민들은 물을 길러, 농사를 지으러, 마실을 가러 그 길을 전처럼 드나들었지만 차는 예고 없이 달렸다. 사촌 언니는 살던 곳에서 어린 아들 둘을 교통사고로 잃었다. 큰 차가 달리는 도로를 따라 오 리를 걸어가서 학교를 다니던 초등학생들이었다. 사촌 언니는 더 이상 그곳에서 살고 싶지 않다고 도시로 떠났다. 나는 큰집에 있는 사진첩에서 길에서 노는 아이 둘이 찍힌 사진을 보았다. "이 사

진을 버려야겠다." 옆에서 큰집 가족 누군가가 말했다. "아이
들 사진을 보게 되면 애들 엄마가 가슴 아프겠다." 사람들이
소리 없이 죽거나 다치면서 고향을 떠나갔다.

나는 큰집에 가면 샘가에 자주 가서 놀았다. 그 샘은 산에
서 흘러내리는 물이 고여서 이루어졌다. 검게 이끼가 낀 가파
른 바위에서 물이 흘러내렸다. 미끌거리는 바위에 손을 대고
있으면 차가운 물줄기가 손가락 사이로 흘러내렸다. 그 물은
바위 틈으로 내려가 냇가에 큰 돌을 괴어 만든 샘 안에 그득히
고였다. 어른들은 샘을 소중히 여기고 함부로 헤집지 말라고
했다. 친척 언니들이 냇가에서 치맛말기를 추켜 앉아 빨래를
했다. 반짝이며 흐르는 냇가에 앉아보면 물고기들이 지나가
고, 풀로 만든 물레방아가 돌아가고, 청개구리도 튀어올랐다.

4대강 사업으로 영주댐이 영주시 평은면에 들어서면서
내성천은 황폐해지고 본모습을 잃었다. 십 년 전 내가 취재를
하러 갔을 때 지율스님은 내성천을 지키기 위해 사람들을 모
으고 있었다. 지율스님이 말했다. "이곳 상류를 지키면 낙동강
을 살릴 수 있지만, 상류까지 망가지면 낙동강은 완전히 끝나
는 겁니다. 어떻게 해서든 내성천을 지켜내어야 해요."

당시 금강마을에 취재차 가보니 오랜 친척이자 이웃들
은 댐에 대한 찬반 입장이 갈려 목청을 높이고 있었다. 마을에
는 보이지 않는 깊은 골이 나 있었다. "모래땅인 이곳에 왜 물

을 가둡니까? 언젠간 물이 새지요" 하는 목소리도 들렸다. 묵묵히 있던 한 노인이 내가 떠날 때 뒤에 따라왔다. 자기 땅을 가지고 있지 않아 소작농으로 사는 이였다. "…… 농사를 계속 짓게 해주세요." 그는 힘없는 나에게 사정하듯 그 말 한마디를 했다.

모래사장을 끼고 맑게 흐르던 내성천은 변했다. 식생이 바뀌었고 토질이 변했다. 물이 오염되었고 모래가 사라져갔다. 맞서 싸우지 못하고 정든 고향을 떠나 흩어진 사람들처럼 동물과 식물도 강가에서 소리 없이 쫓겨나고 죽어들 갔다. 4대강 사업의 결과로, 낙동강에서는 발암 독성물질인 마이크로시스틴이 강과 바다, 식수와 농작물에서 검출되고 흘러나왔다.[*] 내성천이 변하는 모습을 꾸준히 세상에 알린 사진작가는 텔레비전 프로그램 인터뷰에서 자신이 이 강에서 보아온 것들을 말하다가 북받치는 눈물을 흘렸다.

'삶이 흐르는 강, 메콩'이라는 사진 전시회를 보러 갔다. 한 작가가 한 가지 주제에 대해 펼쳐놓는 사진전이 아니라 평범한 보통의 사람들이 메콩강을 기억하는 사진을 모아 선보이는 전시회였다. 여섯 개 나라의 백일곱 명이 메콩강을 만난

---

[*]    〈[사설] 수돗물도 낙동강 독성물질, 4대강 사업이 빚은 참사〉,
      《한겨레》, 2022. 8. 31.

순간이 사진에 담겼다. 사진전 책자에 설명이 있었다. 메콩강은 동남아시아 주민들의 삶의 터전이다. 6500만 명이 메콩강에 기대 살아간다. 메콩강은 한 나라에 국한된 강이 아니었다. 중국 티베트 고원에서 시작해 미얀마, 태국, 라오스, 캄보디아, 베트남을 거쳐 흘러가는 긴 강이었다. 그 굽이치는 길목에서 사람들이 어떤 모습으로 살아가는지, 얼마나 다양한 이들이 강을 만나왔는지, 강이 어떤 모습으로 파괴되고 있는지 알려주는 전시회였다.

메콩강을 만난 경험이 있는 사람들이 개인의 감정과 시선이 담긴 사진을 통해 관객에게도 강을 존재로서 만나게 해주었다. 경제개발의 명목으로 강에 거대한 댐이 들어서고 사유지화될 때 주민들의 삶이 어떻게 파괴되는지도 목격하게 해준다. 자본주의 이윤 추구의 논리가 아니라 다른 관점으로 강을 보자고 한다. 인간의 삶을 가능하게 해준 강의 의미가 무엇인지 살피자고 한다.

반다나 시바는 이 세계를 재산으로 여기는 이들을 고국이 없는 실향민으로 보았고, 문화적으로 뿌리 깊은 부족민들이 땅에서 뿌리 뽑힘으로써 또 다른 실향민이 된다고 보았다. "땅을 어머니로, 사람을 땅의 주인이 아닌 땅의 자손으로 보는 자연에 대한 이런 접근은, 비록 편협하고 제한된 시각과 접근법을 나타낸다 하여 곳곳에서 희생되고 있을지라도 실은 보편적으로 공유되어왔고 지금도 공유되는 관점이다. 그 자리를 밀어내고 처음에는 식민주의를 통해, 그다음에는 개발을 통해 보편화된 백인 남성의 문화가 들어왔는데, 이 문화는 땅을 그저 정복하고 소유하는 영토로 여긴다. 식민주의와 자본주의는 땅을 생명의 근원이요, 사람들이 의존해 살아가는 공유물에서 사고팔고 정복하는 사유물로 전락시켰고, 이제 개발이라는 것이 식민주의가 못다 이룬 작업을 하고 있다. 개발은 인간을 손님의 역할에서 약탈자로 바꾸어놓았다. 신성한 공간에서 인간은 손님에 불과하므로 공간을 소유할 수 없다. 땅과 지구를 사유물이 아니라 성스러운 집으로 보는 이 태도는 제3세계 대부분의 나라에서 나타나는 특징이다."[*]

나는 사진을 통해 강에 기대 살아가는 여성들을 보았다. 미얀마의 한 생선 장수는 남편이 새벽에 잡은 민물고기를 웃으며 손질하고 있었다. 붉은 고무장화를 신고 머리를 한 갈래로 묶은 그녀는 살이 오른 물고기의 배를 들어 보이며 시장에서 팔고 있었다. 태국의 수상 시장에서는 밀짚모자를 쓴 채 배를 노 저으며 손님에게 물건을 파는 여성이 있었다. 짐을 메고 맨발로 길을 걸어가는 여성도 있었다. 베틀에 앉아 천을 짜는

[*]    마리아 미스·반다나 시바, 〈'지구촌'의 실향민〉, 《에코페미니즘》, 손덕수·이난아 옮김, 창비, 2020, 199쪽.

미얀마의 여성도 있었다. 갈색 과자를 빚어 바닥에 차곡차곡 쌓아놓는 여성들도 있었다. 김이 오르는 라이스페이퍼 요리를 만들기도 하고 양은그릇에 흰 쌀가루를 두고 널찍한 잎사귀를 가지고 요리할 준비를 하기도 했다. 문밖으로 몸을 내밀어 가족을 부르고 아이를 업은 채 밭일을 나가기도 했다. 그녀들은 물에서 땅에서 집에서 일하고 있었다.

강물 위에 집을 짓고, 강 한가운데에서 물고기를 잡고, 배를 저으며 물고기를 팔고, 밭일을 하고, 음식을 만들며 살아가는 강가의 사람들. 가진 것이 없어도 강의 것을 먹으며 강이 맺어주는 관계 속에 문화를 만들어내는 사람들. 공유지였던 강이 사유지가 된다는 건 그 모든 걸 빼앗긴다는 걸 뜻했다. 국가가 주민을 몰아내기 시작했다. 댐이 들어서자 강은 전기를 생산하는 사유지가 되었다. 강가 주민들은 추방되었다. 사람들은 계속해서 강을 빼앗겼다. 살아갈 수 있는 유일한 자리를 빼앗겼다. 그런 개발을 원하지 않는다고 싸우는 이들이 영상 화면에 나왔다. 강이 계속 흘러가야 하듯 삶을 포기할 수 없는 사람들이었다.

나는 한 사진에 눈길이 머물렀다. 강에 우뚝 서 있는 여성이었다. 수심이 깊지 않은 강변 같았다. 강물 속에 서 있는 그녀는 몸이 젖는 데는 아랑곳하지 않고 제집처럼 살림살이를 곁에 두고 물속에서 일하고 있었다. 보랏빛 치마가 물에 잠겨

있었고 강물에 검게 물들었다. 강물이 일렁대고 치마는 그 물결을 따라 흔들렸다. 강이 그녀의 보금자리라는 걸 이보다 더 자연스럽게 보여줄 수는 없었다. 저물녘의 은빛 강이었다.

2017년에 한국인 오미숙 씨가 미얀마에서 그 모습을 찍었다. 사진집 책자에 설명에 이렇게 적혀 있었다. "그곳에서 '사람들'을 보았습니다. 그들은 평화였고, 사랑이었고, 맑음 그 자체였습니다. 아름답고 고요한 그들의 삶이 내내 이어지길 온 맘으로 빌어봅니다."*

나도 기억이 났다. 내성천은 모래가 두껍게 쌓여 있어 신발을 벗고 들어가도 물이 종아리에 미치지 않는 곳이 많았다. 그 물속에 서서 손을 넣어 바닥을 짚으면 물살에 빠르게 흘러가는 모래가 손가락 사이로 굴러갔다. 손바닥 가운데에 작은 돌을 올려놓았다. 물에서 갓 건진 돌은 살아 있는 듯 물기를 머금고 빛나고 있었다. 냇물은 숨 쉬듯 눈부시게 일렁이며 흘렀고, 돌도 모래도 살아서 강으로 바다로 가고 있었다. 이 작은 돌들은 오래전 누군가의 뼈가 아니었을까. 나도 나중에 이 물속을 이렇게 흘러가게 되지 않을까. 그런 생각을 어렴풋이 할 만큼 강은 친숙했고 나를 사방으로 환하게 둘러싸고 있었다.

---

\* 임종진 엮음, 《삶이 흐르는 강 MEKONG》, 발전대안 피다, 2021, 94쪽.

언제까지나 그렇게 서 있을 수 있을 것 같았다. 내 귀에 다시
그 냇물의 소리가 들리다가 차츰 그쳐갔다.

## 마지막 화전놀이

작가가 되려고 마음먹었을 때 무엇보다 먼저 산 여성들의 이야기를 글로 옮기고 싶었다. 시대의 격변 속에서 묵묵히 살아낸 여성들의 이야기를 쓰고 싶었다. 기록하다가도 글이 다 담아낼 수 없는 무수한 삶들의 굴곡진 이야기 앞에서 말문을 잃을 때도 있다. 어떨 땐 작품 한 편이 그 시대 사람들의 심정을 대변해주기도 한다. 조선 후기에 지어진 가사 〈덴동어미화전가〉에는 당시 여성들의 애환과 궁핍, 생활의 현실이 잘 담겨 있다. 기록을 따로 남기지 못하고 사라진 여성들의 삶이 살아나 활기차게 생동하는 작품이다. 꽃그늘 아래에서 펼쳐지는 한판 신명 나는 노래 속에서 나는 위로를 느꼈다.

〈덴동어미화전가〉는 경상북도 순흥 지역을 배경으로 한다. 줄거리는 이렇다. 덴동어미는 원래 중인층 신분으로 부유하게 살 수도 있었지만 잇따른 재난과 사고 속에서 몰락하게 된다. 열여섯 살 때에 예천의 아전 집안에 시집을 갔지만 이듬해에 남편이 그네에서 떨어져 죽는다. 살길을 찾아 재가했지만 시댁이 관아의 비리에 연루되어 큰 빚을 지고 풍비박산을 겪는다. 남편과 그녀는 몰락하여 전전걸식하며 떠돌다가 객줏

집에서 닥치는 대로 일한다.

이제 좀 살 만한가 싶을 때, 콜레라가 창궐해 남편이 병에 걸려 죽는다. 덴동어미는 "죽으려고 애를 써도 / 산목숨 못 죽어서"* 또다시 길을 떠돌게 된다. 길에서 그녀는 빈털터리 도붓장사인 황 도령을 만나 말을 건넨다. 덴동어미는 "우리 서로 불쌍히 여겨 / 허물없이 살아보세"(78쪽) 하면서 같이 사기 광주리를 이고 장사를 시작한다. "모가지가 자라목 되고 / 발가락이 무지러졌네"(79쪽) 한탄할 만큼 열심히 일하지만 묵고 있던 주막 뒷산이 비에 무너지며 황 도령을 잃게 된다. "금방 죽을 걸 모르고서 / 천년만년 살자 하고 / 도부가 다 무엇인가"(81쪽) 하염없이 앉아 있는 덴동어미를 보고 주막집 주인댁이 "죽지 말고 밥을 먹게 / 죽은들 시원할까 / 죽으면 쓸데 있나 / 사는 것만 못하니라"(85쪽) 위로하며 엿장수 조 서방을 소개한다.

그날부터 부부 되어 덴동어미는 온갖 엿과 과자를 만들며 일을 했다. 쉰에 첫아들을 낳고 기뻐하나 큰 굿 준비를 앞두고 엿을 여러 날 고다 집에 불이 나버려 남편은 타 죽고 외동아들은 화상을 입게 된다. 그러니까 덴동어미는 불에 덴 아이의 어미라는 뜻이다. 그녀는 홀로 쓸쓸히 아들을 업고 고향에 돌아

---

\* 박혜숙 편역, 《덴동어미화전가》, 돌베개, 2011, 61쪽.

온다. 쑥대밭이 된 집터에서 섧게 울다가 그녀는 또다시 일어난다.

　일 년에 단 한 번, 꽃을 보고 노래하는 자리에서 덴동어미는 신세한탄을 하는 청춘과부에게 자신의 긴 인생사를 들려주며 이렇게 노래한다. "마음 심心 자가 제일이라 / 단단하게 맘 잡으면 / 꽃은 절로 피는 거요 / 새는 여사 우는 거요 / 달은 매양 밝은 거요 / 바람은 일상 부는 거라. / 마음만 여사 태평하면 / 여사로 보고 여사로 듣지. / 보고 듣고 여사하면 / 고생될 일 별로 없소."(127쪽) 덴동어미는 봄날에 아름다운 세상을 보고 즐거워할 뿐 고통에 함몰되어 자기 연민에 빠지지 않았다. 다른 여성의 말 못 할 고민을 들어주고, 가난한 자신이 가진 유일한 인생의 이야기를 들려주며 "고생이라도 한이 있고 / 호강이라도 한이 있어"(122쪽) 인간은 누구나 유한한 존재라는 것을 일깨워준다.

　덴동어미는 보잘것없는 자신의 자리도 마련된 화전놀이에서 신명 나게 노래하며 "좋은 일도 그뿐이요 / 그른 일도 그뿐이라"(126쪽)고 하면서 "춘삼월 호시절에 / 화전놀이 왔거들랑"(126쪽) 이 순간을 즐기자고 한다. 이 빛나는 시간을 맘껏 누리자고 한다. 남의 아픔을 알아보고 위로해주고 부단하게 살아내는 것이 중요하다고 알려주며 마침내 세상을 긍정하는 강인한 여성, 그가 바로 묻혀 있던 노래 속 주인공 덴동어미다.

〈덴동어미화전가〉는《소백산대관록》이라는 필사본 시가집에 실려 있는 화전가로 작자는 알려지지 않았다. 꽃을 따고 울고 웃으면서 자기 얘기를 하던 여성들 모두가 공동 창작자인 셈이다. 활기, 지혜, 용기가 담긴 노래여서 조선 여성에 대한 편견을 깨뜨려준다. 꽃놀이하는 여신들처럼 사뭇 당당하기까지 하다. 노래 속에는 '우리가 살아내었듯이 어떤 일이 있어도 너희도 살아내어라, 너희 속에 있는 인간다운 힘을 잃지 말아라' 하는 전언이 담겨 있다.

꽃이 피는 4월, 영주시의 산길을 혼자 걸었다. 진달래꽃은 무리 지어 아직 연붉게 피어 있었다. 지금 이 꽃길에는 아무도 없지만, 그때 산속의 꽃 아래에 나들이를 나온 여자들이 있었다. 놋그릇과 참기름, 찹쌀가루를 이고 와 이곳에서 비로소 입을 떼었다. 얼마나 미워했는지, 사랑했는지, 고통스러웠는지, 행복했는지 주섬주섬 늘어놓으며 짧은 해가 아쉬워 서둘러 화전을 부쳤다. 뜨거운 화전을 먹으며 서로의 입에 넣어주었다. 치마와 바구니에 꽃을 따며 꽃송이를 "손으로 답삭 쥐어도 보고 / 몸에도 툭툭 털어 보고 / 낯에다 살짝 대어 보고 / 입으로 함박 물어 보고"(23쪽) 흥겨워했다. 꽃이 피어 있는 동안에만 잠깐 꺼내놓을 수 있었던 진심의 시간, 여자 노릇이라는 고된 노역에서 풀려나 자신도 사람임을 기억하는 시간. 엉덩춤을 추며 박장대소도 했을 것이다. 산에서 내려오면 다른 시간이 기다리고 있었다. 자신의 몫이라 여겼기에 끌어안아야 하는 시간이었다. 뜻밖의 재난이든 차별이든 분노든, 온몸으로 그에 맞서 싸우면서 자신의 길을 끝까지 걸어가야 했다.

　순흥에 있는 구순이 넘은 한 노인을 인터뷰한 적이 있었다. 글을 모르는 그분은 젊은 내가 "글을 아는" 것을 부러워했다. 나보고 그랬다. "댁은 글을 아니까 날마다 일기를 써요. 무슨 일을 했고 뭘 먹었는지. 그러면 남잖아. 나는 글을 몰라 남은 것도 없어요." 질문을 했지만 그분은 기억이 안 난다고 선선히 대답하지 못했다. 농사짓고 베를 짜고 물건을 판 일을 드문드문 말하다 고개를 흔들었다. 한국전쟁에 대해선 떠올리기도 싫다며 고함을 질렀다. 입을 다물고 드러누운 노인이 문득 미소를 지으며 꿈꾸듯 한마디 했다. "얘들이…… 생각이 난다." 그건 동네 아낙들과 같이 음식을 만들어 먹고 노래하던 순간이었다. 고된 일상 속에 박혀 있던 즐거운 순간, 화전놀이의 기억. 그 빛나는 기억에 잠시 그분은 행복해했다. 별것 없이 쌀가루와 꽃송이를 가지고도 함께 어울려 마음을 열 수 있었던 순간들. 떠나간 동무들에 대한 기억에 그분의 눈가가 촉촉해졌다.

　"옛날에 고향에 산봉우리가 커다랗게 있어. 꽃도 꺾어서 화전도 같이 굽고 노래하고 소리하고 화전놀이 하고 그랬어. 낮에는 논에 나락 하고, 밭에는 보리 하고, 목화 하고 하는 게 많지. 감자도 하고, 목화 뽑아 베 짜고, 이불도 하고 옷도 해 입고 그랬지. 옛날에는 물을 샘에서 길어 먹고 빨래 씻고 그랬지. 저녁에 피곤해 자야 하는데 여남은씩 동무들이 기어이 데리러 와. 저녁에 막걸리 먹고 놀고 춤추고 노래하고 그랬어. 내가 건방지게 뭔 노래를 하고, 하하. 고향이 살기 좋았는데, 이제 그런 친구도 없고. 다시 가보니 동네가 변했어. "니가 이렇게 변하냐." 고향 동네 바위 앞에서 내가 노래를 불렀어. …… 내가 책을 내면 한이 없다. 사는 게 참말로 말을 할라면 책을 끌어모아도 말을 다 못 해. 죽어지면 다 없어져. 글은 남아나. 오늘 뭐 했다, 뭐 했다, 인생살이 이렇구나, 하지 뭐. 싸움도 하고 오늘 일도 하고 오늘 밥도 먹고 이게 인생살이 남는 거야. 말도 마라, 옛날 노릇 말도 마라."

그분의 눈에 보이는 풍경을 나는 볼 수 없었지만, 그 짧은 말마디라도 기록해드리고 싶었다. 그분들의 옛날 노릇을 떠올리면 그 숨은 몸의 고통까지 생각난다.《영국 화가 엘리자베스 키스의 올드 코리아》는 이렇게 기록한다. 선교회의 건물인 언덕 위의 병원을 찾아오는 한국 여성들은 빈혈, 폐결핵, 기생충 등으로 시달렸다. 그뿐 아니라 애를 못 낳아서 혹은 딸만 낳았다는 이유로 봉건적인 남편한테 매 맞아서 오는 여자도 있었다. 치통으로 찾아오거나 옻이 오른 여자도 있었다. 눈병 난 여자도 있었고 발가락이 곱은 여자도 있었다. 팔다리가 부러진 여자와 피부병을 앓는 여자도 있었다. 임신해서 찾아오는 여자도 있었다. 자식을 낳아 대를 이어야 한다는 압박에 열두 번을 임신하고 번번이 해산하다 유산한 여자도 있었다. 그녀는 죽는 한이 있어도 대를 끊어지게 할 수 없다며 또 임신을 했다. 해산할 때 찢어진 사타구니를 불로 지져 몹시 악화된 상처를 가진 여자도 있었다. 작가는 말했다. "그 아름다운 한복 속에 그렇게 많은 고통이 숨어 있었다니, 정말 믿기 어려웠다."*

눈에 보이는 상처가 있다면 눈에 보이지 않는 상처도 삶에는 있다. 삶을 기록해드리고 싶었던 고향의 어르신이 또 한 분 있었다. 꽃이 피고 지는 것처럼 기록도 시간을 다투는 일이라서, 내가 작가가 되었을 때 그분은 이미 돌아가셨다. 그분이 생전에 한스럽게 하던 얘기를 떠올린다. '위안부'로 차출될 거라는 소식에 서둘러 한 결혼, 가정폭력, 전쟁으로 인한 남편의 죽음, 아이를 키울 수 없어 산꼭대기에 버리고 내려오다 울음소리에 뛰어올라가 울면서 다시 안고 데려온 일, 고향에서 쫓겨나 걸인이 되어 떠돌던 나날, 다시 결혼해 살아보려고 애쓴 시간…… 그분은 여자라서 교육을 받지 못했다는 걸 제일 안타깝게 여겼다. 나를 보고 글을 배워 참 잘되었다고, 자신과 다

---

*   엘리자베스 키스·엘스펫 키스 로버트슨 스콧, 《영국 화가 엘리자베스 키스의 올드 코리아》, 송영달 옮김, 책과함께, 2020, 70쪽.

른 세월을 살 수 있어 다행이라고 했다. "위안부로 끌려간다고 해서 그만…… 인생이 그렇게 되었던 거야." 젖은 눈빛이 물끄러미 쳐다보기만 할 뿐 내게 다 하지 않은 이야기를, 나는 〈덴동어미화전가〉에서 마저 듣는다.

보아주는 이 없어도 여자들은 어울려 노래했다. 글로 다 담지 못해도 삶에는 수많은 이야기들이 있다고. 아름다운 건 저만치 피어난 꽃뿐 아니라 지금 웃으며 곁에 건네는 상처 입은 손, 그 손들이 모여 일궈낸 꿈같은 세월이라고. 그 세월의 힘으로 꽃이 진 자리에 잎은 피고 열매가 열리며 다시 꽃이 피어난다. 그러니 괜찮다고, 이 세상에서 사라지는 꽃은 없다고.

## 나무에 매달린 선물

겨울에도 푸른 잎을 달고 있는 나무는 어떤 기분이 들까. 다른 나무들이 지난 잎들을 남김없이 한꺼번에 떨어뜨린 뒤에 묵은 잎을 달고 우두커니 서 있는 나무는 어떤 느낌으로 있을까. 푸른 잎이 시간이 지나도 변함없어 보여서 사람들은 그 겨울나무에 꿈을 걸쳐놓았다. 리본을 묶어주고 종을 매달고 이야기를 붙였다.

예수가 태어났다는 성탄절에 유독 그랬다. 아기 예수가 태어난 곳 위에 동방에서 온 별이 멈추어 반짝였고 황금과 유향과 몰약을 든 동방 점성가들 세 사람이 인사를 하러 온다. 또 다른 복음서에서는 들에서 양떼를 지키는 목자들이 천사의 소식을 듣고 베들레헴을 찾아간다. 그들은 초라하고 추운 마굿간의 구유 속에서 태어난 아기를 보고 자신들을 위한 구원자가 왔다고 어머니와 함께 있는 아기에게 무릎을 꿇고 경배를 한다. 보잘것없는 이가 그지없이 아름다운 운명을 타고났다고 믿는 건 그 순간을 특별하고 영원한 것으로 만들었다. 그 순간은 점성가들에게도 목자들에게도 잊히지 않을 영원의 시간이었을 것이다. 어쩌면 그 순간이 있어 그들은 그 후로도 살아갈 힘을 얻었는지 모른다.

내 생각에 크리스마스는 그런 꿈을 꾸어도 되는 시간이다. 깜깜한 한밤에 가장 빛나는 것이 시작되고 있다고 소리 높여 노래를 부르는 시간. 가장 낮은 자리가 가장 거룩한 자리라고 일상의 규칙에서 벗어나 한번 생각해보는 시간. 기계적인 일상에 틈을 내는 시간. 그 어긋남 어디에선가 우리가 보지 못한 미래가 이미 태어났고 우리를 향해 걸어온다고 상상한다. 사람이건 신이건, 행복한 운명이건 불행한 운명이건 그것은 전체적으로 나무의 모습을 하고 있지 않을까. 그것도 겨울나무의 분위기를 풍기고 있지 않을까.

처음 크리스마스트리를 만들어본 때는 초등학생 때였다. 피아노 학원에서 선생님이 오늘은 크리스마스트리를 만든다고 수업을 마친 후 남아서 같이 꾸미자고 했다. 화분에 심긴 작은 나무였다. 그 가지에 매달 별이 필요했다. 도화지를 오리고 반짝이는 금색 색지를 붙였다. 희고 빳빳한 도화지를 별 모양으로 오려 색지를 붙이면 밋밋한 종잇조각은 순식간에 눈을 뗄 수 없이 빛나는 별이 되었다. 하지만 내가 오린 별 조각의 모서리가 고르지 않게 삐쭉삐쭉한 것이 탈이었다. 조심스레 애써 오린 색지가 흰 종잇조각과 귀퉁이가 맞지 않은 것도 눈에 걸렸다. 그렇다고 별을 더 매끈하게 오릴 수도 없었다. 그 별은 그때 쓰던 물풀의 냄새, 끈끈한 손가락의 감촉과 함께 떠오른다. 만들어 매단 별에서 비릿하고 달콤한 냄새가 풍겼다.

왜 이렇게 나무를 꾸미는 걸까? 별은 왜 나무에 매다는 걸까? 궁금했지만 물어보지 못했다. 실로 매단 별이 모빌처럼 흔들리다 몇 바퀴 맴을 돌면 그 납작한 평면이 부풀고 빛나는 것처럼 보였다. 그림에서도 늘 별을 뾰족한 오각형으로 그렸으니까 하늘에서 별을 따면 꼭 저런 모습으로 손에 잡히는 게 아닐까? 눈을 떼지 못하고 바라보게 되는 끌림이 그 작은 금색 별 속에 있었다.

이듬해 크리스마스 때 아버지는 소나무 한 그루를 안고 집에 들어왔다. 초등학생과 유치원생인 두 딸을 기쁘게 해줄 요량이었다. 농가에서 자란 아버지는 크리스마스라는 걸 어릴 때 경험해보지 못했지만 딸들에게 그런 시간을 누리게 해주고 싶었다. 어디서 나무를 가지고 왔냐고 어머니가 캐물었지만 아버지는 말없이 싱글벙글했다. 아랫목에 놓인 생나무는 자리를 차지했다. 비린 추위의 냄새가 소나무의 거친 잎에서 훅 끼쳐 나왔다. 아버지 키보다 작았지만 우리 키보다는 큰 나무였다. "어떻게 꾸미는 거예요?" 아버지는 그 나무를 마음대로 꾸미면 된다고 했다. "정말 아무거나 꾸며도 돼요?" 우리는 왠지 크리스마스트리를 꾸미는 방법이 따로 있을 것 같아 나무에 얼른 손을 대지 못하고 망설였다. 하지만 아버지가 꾸미는 방법은 따로 없고 너희 하고 싶은 대로 하면 되는 거라고 거듭 장담을 해서 무릎걸음으로 나무에 다가가 앉았다.

　화분에 담겨 뿌리째 방 안에 들여진 나무는 방구석에 같이 놓여 있는 게 우리만큼이나 당황스러운 듯했다. 이 나무를 어떻게 크리스마스트리로 만들지 동생과 나는 궁리했다. 학원에서 별을 오린 경험을 떠올렸다. 우리 손이 바빠지기 시작했다. 각자 보물상자를 꺼냈는데 그건 속옷 박스나 누런 과자 상자였다. 그 안에는 마론인형이며 레이스 달린 드레스며 작은 찻잔이나 접시 같은 것이 잔뜩 들어 있었다. 색종이와 색색의 종이테이프도 있었다. 똑같이 생긴 민머리 아기 인형도 세 개 있었는데 각각 빨간색, 주황색, 노란색 털실로 짠 두건 치마를 입고 있었다.

　우리가 좋아하는 인형과 색종이를 다 끄집어내어 나무에 주렁주렁 매달았다. 어머니가 탐탁지 않아 하는데 탈지면도 푸짐하게 뜯어 나뭇가지 사이에 솜뭉치를 수북수북 얹었다. 케이크 위에 있던 산타 인형과 눈사람 초도 나무로 옮겼다. 집에서 뒹굴던 카드도 나무에 끼워놓았다. 동생은 장난감 뿔테 안경을 쓰고 진지하게 이리저리 살피며 꾸몄다. 자기 쪽으로 오지 말라는 동생의 말에 나는 반대쪽을 맡아 내가 좋아하는 걸 죄다 치렁치렁하게 매달았다. 꾸며놓고 보니 제법 그럴싸 했다. 아무것도 없던 소나무에 솜 눈이 여기저기 내려앉았고 가지 끝에 아기 인형들이 조롱조롱 매달렸으며 색종이로 급하게 오린 별들이 곳곳에 박혔다. 꼭대기에 솔방울이 꽂혔고 가지마다 붉은 종이테이프가 물결 모양으로 덮였다.

음악 시간에 〈오, 소나무야〉라는 독일민요를 배울 때 나는 우리가 꾸민 첫 크리스마스트리를 생각했다. "오, 소나무야, 오, 소나무야!⋯⋯" 노래는 경건하면서 힘찼다. 한겨울 내내 아랫목에서 우리와 함께한 나무는 어느 순간에 사라져버렸다. 마치 나무가 제 발로 방 안까지 왔다가 우리와 떠들썩한 시간을 보내고 문득 집을 떠나가버린 것 같았다.

직장에 다닐 무렵이었다. 눈이 오는 날 창가에 오래 서서 눈을 올려다보면 그 눈이 하늘에서 되돌려주는 사람들의 기도 같다는 생각이 들었다. 살면서 사람들은 무언가를 기도할 테지. 바라는 것, 원하는 것, 이루어지지 않은 것, 이룰 수 없는 것. 그 소리를 다 들은 하늘이 어느 날 묵묵히 그 모든 기도를 다시 세상으로 내려보낸다면 꼭 저 눈이 내려오는 모습 같을 게다. 그럴 때면 그 눈을 맞고 들판에 서 있는 한 그루의 소나무를 생각했다. 어린 시절 우리의 인형들과 색종이를 뒤집어쓰고 있던 소나무가 이번에는 묵직한 흰 눈을 쓰고 가만히 혼자 서 있는 모습을 상상했다.

내가 결혼을 하고 아이를 낳게 되었을 때는 크리스마스도 시들해졌다. 어느 날 고향에서 부모님과 같이 물건을 사고 저녁에 시내를 걸어가던 참에 크리스마스트리를 보았다. 시내

로터리에 세워진 큰 크리스마스트리였다. 꼭대기에는 화려한 별이 걸려 있고 알전구가 반짝였다. 크리스마스트리는 커서 눈에 잘 띄었지만 그날따라 사람이 별로 없었다. 아버지는 잠시 걸음을 멈추고 아이를 바짝 쳐들어 아이가 눈높이에서 크리스마스트리를 볼 수 있게 해주었다. "저게 크리스마스트리야. 예쁘지?" 아이는 우리 아버지의 말을 알아듣기에는 아직 어렸다. 그런데 아버지는 큰 소리로 계속 말을 걸었다.

나이 든 아버지가 말했다. "이게 뭔지는 몰라도 시간이 지나면 어릴 때 겨울에 크리스마스트리를 보았던 기억이 아이 마음에 남아 있을 거야. 그런 게 필요해. 사람한테는 그런 기억을 자꾸 남겨주는 게 필요해." 아버지는 시간에 대해 말하고 있었다. 사람들이 물려줄 수 있는 기억에 대해 말하고 있었다. 우리는 아이를 위해 함께 서 있었다. 아이가 지금 볼 수 있는 무언가를 위해. 그리고 아이가 나중에도 볼 수 있는 무언가를 위해. 나는 그때 생나무를 방 안으로 안고 들어온 아버지의 마음을 그제야 느낄 수 있었다.

이번 크리스마스는 조용한 편이다. 단골 카페에도 손님이 드물어 한산했다. 뱅쇼 광고가 유리문에 붙어 있었다. 와인에 설탕과 계피, 과일을 넣고 끓인 뱅쇼를 특선으로 판다고 했다. 시각장애인 바리스타는 지난번 크리스마스 때 손님들에게 지팡이 모양 사탕을 건네주었다. 이번에도 환한 웃음을 지으며 무슨 차를 주문할지를 물었다. 그리고 곧 따뜻한 뱅쇼 한 잔을 컵에 담아주었다.

매장의 한가운데에 놓여 있는 커다란 크리스마스트리 앞에 앉았다. 작년에도 재작년에도 이 크리스마스트리가 나와 있었다. 인터넷 쇼핑몰에서 큰 인조 크리스마스트리를 몇만 원에도 살 수 있다는 말을 들은 적 있다. 플라스틱 재질로 된 나무였다. 나는 삭막하게 생각했다. 저건 값싼 인조 나무고 전깃불을 매단 것뿐이다. 저기에 매달린 선물 상자는 속이 텅 빈 걸 거야. 그런데 어쩐지 슬퍼져서 크리스마스트리를 한참 바라보았다. 아니야, 저 금색의 둥근 구슬 속에 무엇이 들어 있는 게 아닐까. 저 빛나고 오래된 알이 나무에 매달려 있다가 문득 깨어나는 게 아닐까. 저 구슬을 단박에 깨뜨리면 무언가 신비롭고 비밀을 품은 것들이 휘익 하고 날아오르지 않을까.

그날 나는 왜 그런 상상을 했을까. 여러 손들이 나무에 빛나는 것을 매달 때 나무도 가만히 있을 수만은 없게 되지 않을까 하는 공상 때문이었다. 살아 있는 사람들이 초라한 종이 상자에서 자기 보물들을 꺼내 보물에 깃든 이야기를 주렁주렁 매달면 죽은 나무라 할지라도 그 이야기에 응답해주지 않을까? 이제 빛을 잃은 별이든 죽은 알이든, 나무는 자기에게 매달린 것들을 위해 한 번은 빛을 뿜어주지 않을까? 나무는 혼자서도 살 수 있지만, 사람들은 나무 없이 살 수 없다. 그러니 겨울나무도 우리에게 이야기를 되돌려줄 수 있으면 좋겠다. 나무가 층층의 영롱한 무지기 치마를 펄럭이며 자신의 알들에서 신비로운 것들을 줄줄이 부화시킨다면……

나는 상상을 했다. 한겨울이 닥쳤을 때 꿈 없이 살 수 없어서, 죽은 나무조차 살려놓고, 식은 구슬조차 뜨겁게 달구고, 얼어붙은 별들조차 다시 쪼아내 나무에 매달아야 직성이 풀렸던 다른 인간들처럼, 나도 나무를 향해 몽상을 한다. 오, 소나무야. 나의 소나무야. 늘 우리보다 굳세게 하늘을 향해 가지를 쳐들었던 나무 한 그루. 층층의 푸른 치마를 내려뜨리고 땅 위에 똑바로 서 있는 겨울나무 한 그루. 사람들이 매단 꿈들이 껍질뿐이라 해도 그 속에 채워진 무언가를 믿게 만들며 한 걸음 한 걸음 걸어가게 하는 저 멀리 있는 영원한 나무.

## 눈이 녹는다

오늘은 햇빛이 쨍했다. 어제 내린 눈이 아직 세상을 덮고 있어서 온통 하얗게 보였다. 사물의 뚜렷한 윤곽은 사라지고 부드러운 굴곡이 생겨났다. 가지만 남은 앙상한 나무들에 눈이 쌓여 있었다. 나무와 나무 사이에 해가 환하게 빛났다. 눈밭에 나무들의 그림자가 나란히 길게 드리워졌다. 바닥의 그 눈까지 눈부시게 빛났다. 눈 구경을 하며 표정이며 말소리가 밝아진 사람들이 드문드문 걸어가고 있었다. 그들의 그림자도 나무의 그림자처럼 길게 땅 위에 드리워져 한 방향으로 나 있었다. 그 그림자들은 빈 벤치와 눈 쌓인 잔디밭을 스쳐 지나갔다.

어제 만들어진 눈사람들이 곳곳에 서 소리 없이 녹고 있었다. 어떤 눈사람은 코에 긴 당근을 박았다. 파란 단추들로 만들어진 눈과 입이 웃고 있기도 했다. 모자를 쓰거나 체크무늬 목도리까지 둘렀다. 눈사람과 사진을 찍으려고 사람들이 줄지어 섰다. 개를 산책시키려고 나온 사람도, 연인의 팔짱을 낀 이도, 나이 든 이들도 있었다. 눈길을 끌지 못한 어떤 눈사람은 벌써 눈뭉치가 떨어져 바닥에서 흙투성이가 되어 나뒹굴었다. "눈사람 죽었어!" 누군가가 농담처럼 외쳤다. 가볍게 안타까워하는 목소리였다. 그는 양손으로 주먹만 한 눈을 뭉치면서 걷고 있었는데, 둥글게 뭉쳐진 눈은 단단하고 반들반들하게 보였고 맨손은 발그레해져 있었다.

눈길에는 전과 다른 흥취가 있었다. 눈에 익은 길이었지만 눈길은 평소와 달리 낯설어 보였다. 일상에서 잊고 있던 아름다움 같기도 하고 오직 지켜볼 뿐 다가설 수 없는 풍경 같기도 하다. 눈에 덮인 길은 사방이 막힌 듯 걸음을 옮겨도 나는 한자리에서 맴돌고 있는 것 같다. 눈길이 흰 벽처럼 앞을 가로막은 것 같다는 생각이 들었다.

우리가 배웠던 세계는 눈앞에서 빙하처럼 녹아내렸다. 내가 자랄 때, 우리 사회는 '수출만이 살길'이라고 하면서 늘어나는 외화액을 성장의 지표로 삼았다. 지금 제조업 수출이 주도하는 성장 모델은 무역적자가 계속되며 위기 국면에 있다.[*] 그때 우리는 산업역군이 되어야 한다는 말을 들으며 나무 걸상에 앉아 있었다. 발전과 개발의 미명 아래 모든 각본이 분명히 정해져 있었다. 더 많은 외화를 벌수록 우리나라는 부유한 나라가 되고, 학생들은 입시경쟁에서 이겨 제각기 출세하면 되었다. 부의 증식, 즉 숫자로 나타난 지표들은 계속 증가해야 옳

---

[*]  이일영, 〈[경제직필] 제조업 수출주도 경제의 위기〉,《경향신문》,
       2022. 9. 7.

았고, 끝없이 생산하고 확장하는 게 바람직한 인생이었다. 그런데 이제 인간은 자신들의 서식지를 돌이킬 수 없도록 파괴하기 시작했다. 의미 없는 경쟁에 지쳐가는 이들도 늘어갔다. 경쟁에서 이겨야 한다고 몸이 바스라지게 달렸고, 더 치열하게 자식들을 경쟁시키지만, 그것이 미래의 안정을 보장해주는 때는 지났다. 우리에게는 다른 세상의 신화가 필요했다. 성장과 물질주의의 신화 말고 삶을 더 지속 가능하게 해줄 수 있는 신화가. 우리 몸을 돌보고 지탱해줄 수 있는 신화가. 우리를 가까운 이들과 다시 맺어주고 공존하게 해주는 신화가.

밀폐된 시간의 느낌 속에서 젊은 날에 걷던 눈길의 풍경이 오롯이 되살아났다. 내가 그 길에 다시 와 서 있는 것 같았다. 추억 속 연인의 얼굴이 그때와 변함없는 모습으로 눈앞에 생생해졌다. 나는 그의 목소리를 듣고 체취를 맡고 그가 입은 흰 파카를 보고 그가 잡은 손의 감촉을 느꼈다. 그때 그는 언제나 나무에 대해서 말했다. 앞으로 자기는 나무를 심고 싶다고 말했다.

"나무는 광합성을 해서 산소를 만들어내지. 지구에는 원래 산소가 충분히 없었어. 스트로마톨라이트는 광합성으로 산소를 만들어내기 시작했어. 나무들은 물속에서 살다가 진화해서 육지에서 살게 되었어. 그래서 그 후에 동물들이 살 수 있게 된 거야. 지금도 우리가 살 수 있는 건 다 나무에서 비롯한 거나 마찬가지야. 나무를 봐. 마른 땅에 잘 적응해서 생식을 하고 씨를 멀리 퍼뜨리고 살지. 그런데 그중에는 말이야, 다시 물속으로 돌아가 사는 식물들도 있어."

그가 말했다. 곁에 있는 나를 보고 그가 웃었다. 다행이라고 말하면서. 다양한 선택을 할 수 있는 식물들이 남아 있어 다행이라고 말하면서. 그렇게 사람들도 더 다양한 선택을 한다면, 다른 선택을 하는 돌연변이가 있다면 인간의 생존이 앞으로도 이어질 가능성이 클 거라고 했다. 나는 그의 말을 이제 이해하기 시작한다. 그는 얘기했다. 열대지방의 거대한 고사리나무에 대해, 아프리카에서 직접 본 바오바브나무에 대해, 2억 년 전의 모습으로 남아 있는 은행나무에 대해, 고대 말벌에서 진화했다는 개미에 대해, 씨앗이 살아남는 신기한 방법에 대해 그는 말해주었다. 우리와 함께 남아 있는 생명들의 굉장한 역사와 소리 없는 멸종에 대해 그는 말하고 싶어 했다.

"나무와 숲을 지키는 건 인간을 지켜낼 수 있는 길이야. 나무는 환경을 스스로 만들어낼 수 있는 존재야. 나무는 반응하고 숲은 자신의 모습을 되찾으려고 노력하지. 인간이 끊어놓은 길을 나무는 이어가고 싶어 하는 꿈을 가지고 있어. 나무는 기억하고 있고, 인간도 나무가 숲을 이룰 수 있게, 자신의 생태계를 다시 복원할 수 있게 기억해내야 해. 나무가 어떻게 살고 싶어 하는지를. 인간이 어디에서 왔는지를. 이 세상에서 가치 있는 게 뭘까? 죽을 때 뭔가 남기려고 하는 건 인간의 욕심인지 몰라. 나무를 생각해보면, 나는 죽을 때 되도록 아무것도 남기지 않고 죽고 싶어."

생각해보니 그는 아주 젊은 나이인데도 그런 얘기를 나에게 했다. 이제 많은 사람들이 기후 위기와 생태 문제, 지구적 팬데믹의 심각성에 관심을 기울이고 있다. 나에게 그건 무엇보다 단절감과 의지할 곳 없음, 돌아갈 수 없음의 느낌으로 다가왔다. 언제나 인간이 몸을 눕힐 수 있고 그 안에서 받아들여진다고 여긴 자리는 무너지고 있었다. 겨울은 혹독하게 추웠지만 여름은 살의를 띤 듯 뜨거웠다. 유럽과 아프리카 국가들은 40도를 넘는 기후 변화로 큰 피해를 입었다. 남극에서는 빙하가 녹아내리고 스위스 알프스의 론 빙하는 더 녹지 않도록 흰색 천이 덮였다. 전 세계적으로 숲은 불타고 있었다. 이상고온으로 가뭄이 들었고 폭염으로 사람들이 죽어갔다. 사람들은 집을 잃었고 긴 장마 기간 동안 폭우가 쏟아져 내렸다. 이때까지 믿었던 모든 길잡이가 사라져버리고 혼자 되어버린 것 같은 이 겨울에 나는 잊었던 이들을 다시 기억해냈다. 고립된 지금에 그들의 목소리를 그 어느 때보다 생생히 기억 속에서 들을 수 있었다.

상상할 수 있는 시간은 연결되어 있는 시간이라고 했다. 내가 그동안 함께한 친구들을 생각하는 것. 나의 어머니와 그 너머의 어머니들과 나의 아이와 그 너머의 아이들을 상상하는 것. 내가 모르는 곳에서 흐르는 강과 그 강에 잠긴 사람들을 상상하는 건 모두 그들과 내가 어떤 식으로든 이어져 있기 때문이었다. 아이슬란드의 작가이자 환경운동가인 안드리 스나이르 마그나손이 쓴 책 《시간과 물에 대하여》는 지구온난화가 아이슬란드 자연에 끼친 영향과 세계가 맞닥뜨린 환경위기에 대해 다루고 있다. 그 책의 뒷부분은 지금으로부터 팔십 년 후에 나누는 가상의 대화로 이루어져 있다. 그때 작가의 막내딸은 아흔이 넘은 할머니가 되는데, 그녀가 열두 살배기 손녀들에게 묻는다. 너희에게 손녀가 생기고 너희가 아흔이 된 할머니가 된 다음에, 그 아이들도 아흔이 될 때를 생각해보라면서 이렇게 말한다.

"그래, 상상할 수 있겠어? 너희가 세상에서 가장 사랑하는 사람이 2260년까지도 살아 있을 거라고! 너의 시대를 상상해보렴. 할머니는 2008년에 태어났는데, 너희는 2260년에도 살아 있는 사람을 알게 되는 거야. 그게 네가 연결되어 있는 시간이야. 250년 넘게 말이지. 그건 너희 손으로 만질 수 있는 시간이야. 너희의 시간은 너희가 알고 사랑하는 누군가, 너희를 빚는 누군가의 시간이자 너희가 알고 사랑하는 시간, 너희가 빚는 시간이란다. 너희가 하는 모든 일에는 의미가 있어. 너희는 하루하루 미래를 만들어가고 있단다."[*]

올 초에 마을 공부방 교사를 만나 이야기를 들었다. 나는 그 공부방에 초등학생 아이를 보내, 일을 하면서 아이를 키우는 나의 삶을 지켜낼 수 있었다. 아이는 집 말고 공부방에서 친구와 이웃을 만나고 마을을 누비며 시장 상인들과 인사하고 길고양이를 돌볼 수 있었다. 이제 코로나19의 여파로 공부방 운영이 쉽지 않다고 했다. 방역과 위생을 신경 써야 했고 온라인 학습 지원 등 민간 공부방의 일은 더 늘어났다. 학생 수가 줄면서 재정은 더 악화되었다. 공부방의 가치를 알고 함께 지켜줄 이들도 부족했다. 간단히 새해 인사를 하면서 편하게 이야기 나눌 참이었지만 처음부터 그럴 분위기가 아니었다.

나는 그녀가 우는 것을 처음 보았다. 늘 밝고 활기차게 사람들을 대하고 14년 동안 꿋꿋이 공부방을 지켜온 이였다. 하지만 코로나19로 인해 모든 것이 암담해지면서, 그녀는 기운이 빠졌다. 울어서 미안하다며 그녀가 눈물을 훔치자 그 손끝에서 눈물이 떨어졌다. 마치 손이 울고 있는 것 같았다. 잠시도 쉬지 않고 노동한 손이, 돌보고 길러내던 손이, 꿈을 쫓아가던 손이 눈물을 흘리며 울고 있는 것 같았다.

"눈물이 나는 건…… 이 공부방이 제 삶이었기 때문에

---

\* 안드리 스나이르 마그나손,《시간과 물에 대하여》, 노승영 옮김, 북하우스, 2020, 354쪽.

요. 가끔 명백한 현실적 한계들을 생각하면 희망이 있다고 걸고 가는 게 맞나 싶어요. 하지만 작년에도 그랬고 재작년에도 그랬듯이, 올해는 좀 나아질 거라는 희망으로 항상 한 해를 맞이했거든요. 올해도 그 희망을 만들고 싶은 거죠. 이제 희망은 안 생기는데 희망을 만드는 한 해가 되려고 선택한 거예요."

우리가 숨을 참고 있었다는 건 언제 알 수 있을까. 숨을 참고 있는 동안에는 살아내야 한다는 절박함 때문에 어쩌면 모를지도 모른다. 숨을 쉬어도 되는 찰나의 순간에 자신이 얼마나 숨을 참아왔는지 깨닫는 건지도 모른다. 마스크를 벗고 한숨을 토하는 순간에, 모처럼 말을 들어주는 이의 눈을 마주했을 때에, 눈물은 비로소 흐르고 숨은 쉬어지는 건지 모른다.

경쟁과 이윤의 논리에 빠지지 않고 삶을 옹호하고 권리를 주장할 줄 아는 이들만이 가진 품위가 있었다. 미래를 돈으로 환산하지 않고 현재를 마주한 이들의 힘이 있었다. 마스크 너머로 그녀의 반짝이는 눈빛이 느껴졌다. 누군가를 사랑하기 위해 노력하는 시간이 여전히 이어진다. 흔들리는 노동과 단절된 노동들이, 미래가 그려지지 않는 노동이, 짊어지고 가야 하는 돌봄의 끝없는 시간이 눈앞에 있어도 말이다. 공부방 교사가 말끝에 떨리는 소리로 '희망'을 말했던 것처럼 '희망'을 지켜보자는 인사를 서로에게 나누고 싶다.

우리는 숨을 참는다. 가장 좋은 순간을 위해 숨을 참는 것. 소중한 것을 가만히 지켜내며 숨을 참는 것. 모든 걸 감내하면서 지키고 싶은 것을 위해 한 번 더 애쓰는 것. 그렇게 이 막막한 시대를 통과해낸다. 우리가 지켜온 것을 버릴 수 없으니까. 이번 한 번만 더 지켜내기 위해. 아무것도 진짜로 버리지 않기 위해. 우리는 현실 속의 숨을 참으면서 또한 꿈속의 가장 빛나는 순간을 위해 숨을 참는다. 그렇게 하면서 우리가 최선으로 쓴 편지를 미래로 보낸다. 우리 또한 과거에 그러한 편지를 받고 이 자리에 존재할 수 있었던 것처럼, 그 편지 또한 미래의 누군가에게 가닿아 무언가를 빚어낼 것이다. 눈이 다 녹기 전에 우리의 말들이 전해져야 한다.

6

# 빛으로 짠
# 치마

## 젖은 편지

　카메라를 들고 동네를 찍어보려고 나섰다. 내가 우리 동네를 좋아하는 이유는 해가 잘 들기 때문이다. 골목에 나서면 중천에 있는 해가 환하게 내리비쳐 눈이 부셨다. 집이나 전봇대나 전깃줄의 그림자가 길바닥에 뚜렷이 나 있었다. 집의 크고 작은 그림자와 전봇대의 긴 그림자와 전깃줄의 거침없는 그림자들이 성큼 바닥에 내려앉아 있었다. 해가 그리는 낙서처럼 보였다. 또는 사람들의 발밑에서 흘러가는 말없는 그림자극처럼도 보였다. 행인들은 거대한 그림이 그려진 도화지를 타박타박 밟아 걸어나가고 있었다. 사람들이 딛는 바닥이 관객 없이 계속 흘러 지나가는 아름다운 명화의 향연 같았다. 그림자들이 시시때때로 위치와 모습을 바꾸었기 때문에 바닥이 살아 생동하는 것처럼 보였다. 그 신비로움에 비하면 색깔을 가지고 제자리에 있는 사물들은 밋밋해 보였다.

　카메라를 들고 바닥의 그림자를 찍고 있으면 이상하다는 듯 쳐다보는 이들을 만나기 일쑤다. 장바구니를 끌고 가는 아주머니가 전깃줄들이 모인 꼭짓점 그림자를 밟고 멈춰 서 나를 쳐다본다. 건물 그림자에 몸이 반쯤 가려진 인부가 담배를 피우다 슬쩍 쳐다보기도 한다. 가던 걸음을 멈춰 대놓고 묻는 이도 있었다. "여기에 찍을 게 뭐가 있어요?" 찍을 게 많다고 대답하면 내가 찍는 것들을 줄줄이 늘어놓아야 할 것 같았다.

우선 전봇대에 몇 시간씩 앉아서 깍깍거리는 까마귀라든가, 빨랫줄에 줄줄이 널린 조기 같은 것들이 재미있고 눈길을 끈다. 화분에 심긴 알록달록한 꽃들도 눈길을 한참 사로잡는다. 오래된 감나무에 열린 감꽃도, 나중에 보는 푸른 감도, 붉은 감도 모두 아름답다. 때 이르게 떨어진 풋감이 으깨어진 모습도 바닥에 짓이겨진 밥풀처럼 보인다. 고양이가 달아나느라 엎지른 물그릇이나, 금이 간 벽을 타고 가는 담쟁이도 저마다 이야기를 품고 있어 예사롭지 않다. 사소하지만 카메라를 눈에 대지 않았다면 보이지 않았을 것들이다.

카메라를 들고 어슬렁거리는 사람은 나뿐만이 아니다. 이곳은 관광지와 가까운 골목이어서 주말이면 카메라를 든 이들이 심심찮게 눈에 띈다. 청년들은 맛집으로 소문난 식당 앞에서 줄을 서서 기다리며 서로를 찍거나 가게를 찍는다. 깔깔거리고 큰 소리로 말하면 가게 주인이 황급히 나와서 "인근 주민들을 생각해 조용히 해달라"고 당부한다. 낮은 목소리로 대화해달라고 붙인 가게 벽보는 궁서체로 쓰여 있다. 오래된 집들의 침묵과 작은 상가들의 활기가 적당히 어우러져 있는 모양새였다. 부동산들은 어디에 있는 주택이 팔려서 상가가 되고 어떤 집이 헐려서 새 빌라가 건축되는지 촉각을 곤두세우며 이곳도 투자 가치가 있다고 강조하려 애쓴다.

인근에 경의선 철길이 있던 자리에 숲길 공원이 생기면서 집값이 순식간에 올랐다고 했다. 그래서 높아진 집세를 감당하지 못한 세입자들이 떠나고, 이런저런 이유로 집을 오른 값에 팔아치우고 떠나는 이들도 생겨났다. 남아 있는 집들은 상가로 개조되거나 허물어지기도 했다. 철 지난 단독주택이 가장 먼저 사라져갔다. 마당에 한적하게 심겨 있던 감나무나 모과나무도 거침없이 잘려나갔다. 원주민이 집을 팔고 떠나면 신축 건물은 더 비싼 값에 분양되고 새로운 입주민들이 들어온다. 동네의 오랜 기억은 덩달아 잘려나가고 이곳을 잊지 못하는 이들이 가끔 되돌아와 오래된 가게를 기웃거리며 옛 추억에 빠져든다.

골목 어귀에 있는 미용실은 30년 동안 한자리에 있었다고 했다. 양쪽에 건축되는 신축 빌라 사이에 끼여 꿋꿋이 자리를 지키고 있었다. 집과 같이 있는 가게라 주인이 일어나면 일찌감치 새벽에 문을 열고 저녁 늦게까지 영업을 했다. 미용 일만 하는 것이 아니라 소소한 채소도 팔았다. 가게 앞에 파나 배추, 열무 따위를 놓고 장사를 하기도 했다. 미용실 안 소파에는 두세 명의 단골이 으레 죽치고 앉아 이야기를 나누었다. 종일 텔레비전이 켜져 있고, 설탕을 묻혀 튀긴 감자나 뻥튀기 같은 간식이 손님들 손에 들려 있었다. 대화거리는 끊이지 않았다. 어느 상점이 물건이 싸고, 제철 채소가 무엇인지, 생활비는 얼마나 드는지, 어디가 어떻게 아픈지, 누가 누구와 싸웠는지 같은 이야기들이 드라마처럼 이어졌다. 이들은 알고 있었다. 누가 지병이 있는지, 어느 집에서 담배를 많이 피우는지, 어느 집이 쓰레기 무단투기로 골머리를 앓는지를 그들만의 지도로 알고 있었다. 날마다 쌓인 대화가 그들의 동네 지도를 만들었다. 하지만 미장원에서 만들어지는 동네의 비공식적인 지도도 재개발이 본격화되면 나중에 사라질지 몰랐다.

공사 소리에 둘러싸여 섬처럼 고립되었지만, 하루의 생존을 위해 일하고 만난다는 일상은 변함없이 이어졌다. 오래된 집들이 있었던 자리이니 오래 묵은 사람들이었다. 한국전쟁 때 집값이 싼 이 동네에 들어와서 70여 년이 넘게 지낸 주민들도 살고 있었다. 단골 집주인이 이런저런 집수리를 의뢰하면 부동산 중개인이 직접 연장을 들고 가 세입자 집수리를 해주기도 했다.

집집마다 드물지 않게 내놓은 의자에는 노인들이 소일 삼아 앉아 있었다. 해바라기를 하고 불법 주차를 막고 이웃과 대화하려고 내놓은 의자였다. 어떤 의자들은 길 양편에 마주 보고 있었다. 행인이 그 사이를 지나가도 의자 양쪽에 앉은 이들이 아랑곳 않고 큰 소리로 안부를 주고받곤 했다. 그 의자의 옆

자리는 꽃밭이 되었다. 어떤 이들에게 골목은 자기 집 앞마당이기도 했다. 대문 앞에 화분을 여럿 두고 꽃과 열매를 지키려고 애를 썼다. 촬영 중이라는 팻말을 붙여 으름장을 놓거나 '돈을 주고 산 것입니다. 가져가지 마세요'라고 점잖은 글귀를 써 붙이기도 했다. 길에는 길만 있는 것이 아니라 집이 아닌 바깥에서 잠시 마음을 쉬려는 노력이 만든 정원도 있었다. 꼭 그 집에 딸린 곳은 아니지만 그 집의 것이 된 꽃자리와 꽃그늘이 있었다.

곧 부서질 집들은 잠시 전시장이 되기도 했다. 오래된 단독주택에서 젊은 화가들이 조촐한 미술전을 열었다. 곰팡내 나는 지하에 작품을 설치하고, 욕실에도 음향이 들리는 작품을 만들어 넣었다. 낡은 방은 큰 그림이 여러 개 걸린 갤러리가 되고 이 층의 골방은 영상 상영관이 되었다. 동네 주민들은 곧 사라질 집에 걸린 작품을 보러 갔다. 전시회가 끝나기 무섭게 그 집에는 장막이 둘러쳐지고 공사가 시작되었다. 나는 석양이 지붕을 비추는 모습을 카메라로 찍었다. 장막이 펄럭일 때마다 바람이 집을 위로하며 만지는 듯했다. 집은 사진으로 남고 곧 부서져버렸다. 이제 집은 그림자마저 사라져버렸다.

그 집 앞에는 작은 집이 하나 있었다. 길 쪽으로 바로 현관문이 나 있고 손글씨로 호수가 어설프게 쓰인 집이었다. 그 집의 운명도 멀지 않은 느낌이었다. 누가 살고 있을까? 집 앞에는 노인이 밀고 다니는 유아차와 쌓인 박스가 얼마간 있었다. 어느 날부터 그조차 사라졌다. 대신 벽에 손으로 쓴 글씨가 붙었다. "몸이 아파 이제 폐지를 줍지 못합니다. 그동안 도와주셔서 감사합니다." 작은 속삭임처럼 읽히던 그 글귀는 비와 바람을 맞더니 얼마 후 누렇게 바랜 채 떨어져 나갔다. 기억에 생생한 풍경은 금방 없어져버리고, 때로 사진은 보이는 것 이상으로 더 이야기를 들려주지 않았다. 사람들의 이야기는 보이지 않아서 겉모습만 찍는 사진으로는 그 변화무쌍한 사연을 담을 수 없을 것만 같았다.

카메라를 목에 걸고 터벅터벅 걷다가 언젠가 한 노인이 그 집 앞에 앉아 있던 모습을 기억해냈다. 마스크를 쓰고 무언가 기다리는 눈빛으로 행인을 보고 있었다. 집을 찾아오는 사람도 없고 딱히 나갈 곳도 없는 노인은 누군가와 눈을 마주치고 싶어 하는 양 쪼그리고 있었다. 햇빛이 노인을 내리비추고 있었고, 그림자가 발치에 나 있었다. 집 안에 종일 있는 것보다 햇빛을 받으며 바람을 쐬는 것이, 지나가는 사람들을 올려다보면서 심심풀이를 하는 것이 시간을 보낼 수 있는 최선이었다. 나와 우연히 마주쳤을 때, 노인은 계속 시선을 보냈다. 내가 어떤 사람이고 어디로 가는지 궁금하다는 듯이 고갯짓을 하며 쳐다보았다. 스쳐 가는 낯선 이조차 낯설게 느껴지지 않을 만큼 외로워 보였다. 바쁘게 인사를 나누는 사람들에게서

떨어져 소리 없이 눈으로 사람들을 좇고 있었다. 누구라도 곁에 앉아 말을 걸기를 기다리는 것처럼 노인은 지나가는 사람들을 시선으로 붙잡았다. 자신이 남들을 보는 시선에 비해 남들은 무례할 정도로 흘끔거리며 지나가는데도 개의치 않고 앉아 있었다.

나는 그 집 앞을 기웃거렸다. 창에 불이 꺼져 있어서 어둑하고 적막한 느낌이었다. 나도 이 앞을 매몰차게 지나간 한 사람이지 않았을까. 폐지를 줍기 위해서건 한 바퀴 둘러보기 위해서건 이웃을 만나기 위해서건 노인은 이제 나오지 않았다. 대신 치마가 창틀에 내놓은 옷걸이에 걸렸다. 붉은 꽃무늬가 촘촘하게 박힌 검은 치마였다. 그 치마가 햇빛을 향해 나와 묵묵히 말라가고 있었다. 빛이 드는 자리를 찾아서 젖은 옷을 내놓았다. 옷 한 벌이 '나, 아직 여기에 살고 있다'고 사람들에게 알리는 말없는 편지처럼 빈 벽에 걸려 조용히 말라가고 있었다.

## 부서지는 집의 거처

어머니는 부엌에 그림을 붙여놓는 걸 좋아했다. 달력에서 오린 사진들과 예쁜 그림이 담긴 엽서들을 모았다. 종잇조각 귀퉁이에 있던 병아리나 꽃 그림까지 일일이 오려 붙여놓았다. 냉장고며 싱크대, 벽의 구석구석에 붙여놓은 그림을 보고 아버지는 지저분하다고 싫어했지만, 어머니는 알록달록한 색감이 담긴 그 그림을 보며 좋다고 했다. 꽃무늬 접시를 벽에 세워놓고 그것으로도 부족해 어디 좋은 사진이 없나 달력을 또 뒤적이곤 했다.

"예쁜 것, 환한 것으로 채우려는 이것도 결핍인지 몰라."

어머니가 이렇게 혼잣말한 적도 있지만, 나는 부엌이 어머니만의 갤러리라고 생각했다. 식구를 위해 밥을 하고 식탁을 차리고 설거지하지만, 콧노래를 흥얼거리고 때로 남이야 듣건 말건 목청 높여 노래 한 곡 뽑기도 하는 자리. 그곳은 어머니의 보이지 않는 화실이자, 노래하는 무대이자, 마음으로 시를 흘려보내는 자리였는지 모른다. 개수대로 일없이 휘몰아치며 흘러가는 물줄기처럼 어머니의 그림도 노래도 읊조림도 그렇게 머물다 흘러가버렸다.

내가 열 살 때 부모님은 집을 샀고 마당이 딸린 단독주택에서 우리는 자랐다. 마당에 과일나무와 꽃을 심을 수 있었고 콩꼬투리를 구워 먹을 수도 있었다. 그곳에서 어머니는 자신만의 장독대를 가질 수 있었다. 어머니는 그 앞에서 주홍색 홈드레스를 입고 서서 사진을 찍었다. 집과 바깥을 오가며 된장과 고추장을 퍼 나르는 일터였지만 장독대 앞에서 어머니는 그곳도 자신만의 즐거운 멜로디가 넘치는 곳으로 만들었다.

어머니는 장독대 뚜껑에 쌓이는 눈이며 올려다보는 푸른 하늘이며 자유롭게 떠가는 구름을 좋아했다. 가슴이 답답하다가도 바깥에 나가 하늘만 한번 쳐다보면 가슴이 시원하게 뻥 뚫리는 것 같다고 했다. 어머니의 눈길이 닿은 구름은 그날그날 어머니의 느낌과 생각을 실어 아무도 모르는 그 순간만의 예술이 되어 흘러갔을 것이다. 어머니는 소박한 사람이었다. 결혼할 때 어머니가 바란 건 가족이었다. 남편과 자식이 있으면 좋겠다, 집과 자가용, 냉장고가 있으면 좋겠다는 것뿐이었다. 어머니는 운 좋게 그 꿈을 모두 이루었다. 하지만 항상 기쁜 건 아니었다. 아무도 모르게 가슴에 차오르는 아쉬움과 슬픔은 노래에 실어 보냈다.

오래된 단독주택이 시의 부지로 수용되어 철거를 앞두게 되었다. 그때 어머니는 울었다. 그 집은 어머니의 한평생이 담겨 있었다. 그 집이 아무리 낡았어도 그건 문제가 되지 않았다.

어머니는 약혼식 때 입었던 분홍색 한복을 꺼내 마지막으로 입었다. 그리고 마당에 나갔다. 이제 머리가 하얗게 센 노인이 한복 차림으로 마당에서 춤을 추듯 돌아다니며 집과 작별했다. 이 집에서 자란 아들이 어머니의 마지막 춤을 사진으로 찍었다. 어머니는 자신의 삶을 지켰다. 마지막으로 마당을 거닐며 자신이 꿈꾸고 이루어낸 것을 돌아보았다. 이사가 끝난 다음에, 곧 베어질 나무들만 빈집에 우두커니 남아 있었다.

어머니는 그 집에 있던 것을 빼놓지 않고 가져오려고 했지만, 빠진 게 있었다. 부엌에 붙었던 그 그림들이었다. 나중에 어머니와 통화를 하다가 나는 뜻밖의 사실을 알게 되었다. 부모님이 이사 간 다음, 시골에 사는 사촌 오빠가 빈집에 왔다. 어머니에게 잉어를 잡아다준 오빠였다. 남은 물건 중 고철로 쓸 만한 게 있는지 둘러보다가 부엌 벽에 붙은 그림까지 떼어 갔다고 한다. 촌에 사는 작은아버지에게 그 그림이 전해졌다. 그 그림은 작은아버지의 좁은 시골집 안방 벽에 붙었다. 나는 달력에서 오린 그림 한 장까지 챙기는 어른들의 알뜰함에 놀랐지만 그다음 이야기를 듣고 더 놀랐다.

작은아버지는 어머니에게 전화해 처음에 타박하듯 말했단다. "이왕이면 좋은 그림을 사다 액자에 넣고 볼 일이지 달력에서 오린 이런 걸 붙여놓고 살았냐"고 했다. 그리고 바로 다음에 어조를 바꿔서 이렇게 고백했다. "내가요, 이 그림 보고 마음이 많이 위로가 됐어요. 마음이 편안해지더라고요." 그때 팔순이 넘은 작은아버지는 아들을 사고로 잃었다. 아들이 공사장에서 추락해 죽었다. 가난한 농촌 살림에 많이 챙겨주지도 못한 자식이었다. 아들의 영정 사진이 집에 들어설 때 작은아버지는 아들의 이름을 부르며 전봇대를 끌어안고 소리 내어 울었다. 그때쯤 사촌 오빠에게서 그림 한 장을 전해받았다. 그걸 벽에 붙여놓고 아침저녁으로 들여다보았다. 한참씩 보다 보면 어느덧 마음이 편안해졌다. 그건 파란 바다를 배경으로 피어 있는 노란 해바라기들의 그림이었다.

이름 있는 명화도 아니고 달력에서 오려 낡고 구겨진 그 그림 한 장이, 자식을 잃은 가슴 아픈 늙은 아버지 앞에 있었다. 깊은 비탄에 잠긴 아버지의 마음을 위로해주었다. 다 울지 못한 울음을, 다 드러내지 못한 깊은 회한을 잠재워주었다. 마음의 풍랑을 잠잠해지게 해주었을 뿐 아니라, 생존의 벼랑 너머에서 빛나는 푸른 세계의 기슭에 가닿을 수 있게 해주었다. 그 이름 없는 그림 한 장이 그에게 예술의 전부였다. 그를 만나준 예술의 모든 것이었다. 자신의 동굴 속에서 만나는 빛이 예술이라면, 나는 작은아버지의 낡은 방에 아직 소중하게 붙어 있는 그 철 지난 달력 그림 한 장이 떠오른다.

어머니는 그 그림이 아직 남아 있다고 좋아했다. 자신에게 즐거움을 주었던 그림이 다른 사람에게 큰 위로가 되었다고 기뻐했다. 사람들은 말하고 싶어 한다. 이 세상에 살지만 이 세상에서 다 말할 수 없는 이야기를, 이 세상의 풍경이 아닌 다른 세상의 풍경을, 이 세상의 곡조에 파묻히지 않은 자신의 가느다란 곡조를 말이다. 함께 살아가기 위해서건, 혼자 삶을 버텨내기 위해서건. 삶을 추스르고 나아갈 때 한 장의 그림, 한 곡의 노래, 한 편의 글은 그가 몸을 눕힐 바위가 되고, 그 앞에 놓인 꽃 한 송이가 되고, 그가 바닥까지 잠겨들어도 편안할 바다가 된다. 모든 사람의 모든 노래가 다 들리지 않더라도, 어느 외딴곳에는 한 장의 그림을 마주한 한 사람의 눈 속에서 자신만의 멜로디가 조용하고 끊임없이 흘러나온다. 그래서 우리가 살아갈 수 있다는 걸, 우리는 이미 안다.

고향의 단독주택이 사라진 다음, 나는 서울의 망원동에서 집을 주제로 열리는 전시회에 가보았다. 제목은 '구경하는 집'이었다. '집에 대한 욕망의 재배열을 위한 옴니버스 기획'이라는 부제가 붙어 있었다. 집을 주제로 줌마네와 7인의 여성 작업자들이 자신의 경험과 관심사에 따라 각자 작품을 펼쳐놓았다. 재개발 열풍이 부는 구도심에서 새 아파트들을 둘러친 장막이 사진 작품으로 전시되어 있었다. 또 오래된 단독주택에 살면서 무언가를 끊임없이 심고 가꾸는 이들이 지키는 아름다운 뜰도 작품으로 나와 있었다.

그중 입구 쪽에 있는 '유기 식물' 전시에 눈길이 갔다. 버

려진 식물들을 사진과 그림으로 전시해놓았다. 깨어진 화분째 길에 나뒹구는 식물의 모습이 눈에 들어왔다. 사람들은 집에서 키우던 식물을 집 밖으로 버렸다. 아직 목숨이 붙어 있는 식물을 그렇게 취급했다.

작가는 "버려진 이유조차 모르고 죽어가는" 식물이 눈에 띄어서 그 식물들을 하나하나 그림으로 옮겨 그렸다. 산세베리아, 스파트필름, 빅토리아, 고무나무…… 곧 사라질 식물들은 작가의 눈을 통해 잠시 생명을 얻었다. 그날의 큐레이터가 마침 그 작가여서 나는 "왜 유기 식물을 주제로 작품을 만들었냐"고 물어보았다.

"식물에게 남아 있는 빛을 그려주고 싶었어요. 그래서 이 식물에게 의미를 부여하고 의미 있게 만들고 싶었어요. 사람들은 살아 있는 식물을 함부로 버려요. 식물은 버림받아도 그 자리에 놓여 있을 수밖에 없거든요. 우리 주변에 버려져 죽어가는 식물이 너무 많은 거예요. 그 모습을 보여주고 싶었어요. 그림을 그릴 때는 슬프기도 했어요."

우리 앞에는 긴 잎이 누렇게 바싹 마른 실제 식물이 놓여 있었다. 작가가 손가락으로 가리키면서 말했다. "이 식물을 관에 넣어 전시할까 생각도 했어요. 유리관을 해서 관객에게 보여줄까 생각했는데, 지금 그냥 이대로 두고 보여주는 게 나을 것 같았어요." 또 다른 식물 하나가 구석 화분에 심겨 있었다.

255

"저기 화분에 있는 식물은 사진 속에서 버려졌던 바로 그 식물인데 제가 다시 옮겨 살린 거예요. 살아났는데 그래도 완전히 회복되지는 못하는 것 같더라구요."

나는 아직 살아 있는 식물과 죽어가는 식물과 남아 있는 식물의 그림들을 살펴보았다. 그림 속에서 식물의 주름과 얼룩과 실뿌리가 크게 그려져 있었다. 그 식물이 돋보이는 이유는 작가가 그 하나하나의 모습에 눈길을 주었기 때문이다. 식물이 놓인 바탕색은 잎이나 줄기를 잘 드러내기 위해 차분한 단색으로 칠해져 있었다. 식물의 느낌을 잘 보여줄 수 있게 흙에 가까운 색을 쓰려고 했다면서, 작가는 바탕색을 원색으로 하지 않은 이유를 설명했다. 나는 눈앞에 있는 그림을 보고 원래의 식물이 어떤 모습일지 상상했다. 그림 속에서 되살아난 식물의 잎들은 윤곽과 색깔을 되찾았다. 그 그림과 사진들은 삶이 부서진 식물이 거처할 수 있게 된 영원한 집이었다.

그녀는 누군가가 버린 식물 앞에 오랫동안 쭈그려 앉아 있었을 게다. 보이지 않는 집을 지어주기 위해서. 사람들의 발자국이 지나치는데, 아무도 눈여겨보지 않는 자리에 남아 있는 빛을 보려고 오랫동안 식물을 응시했다. 버려지는 기억 속에서, 뜨거운 질주 속에서, 마르고 갈라지는 땅 위에서, 오갈데 없는 몸들 가운데에서 우리에게 남아 있는 빛이 무엇일까. 그 빛은 우리를 살게 한다. 폐허가 되어 부서지고 사라진 자리에서 그 어느 때보다 선명한 존재를 우리 눈앞에 새롭게 세운다. 단 한 사람이라도 지켜보는 이가 있다면, 이 존재는 결코 사라지지 않는다.

## 작별의 자리

사진을 배워보려고 달팽이사진골방에서 수업을 들었다. 수업을 시작하는 날 사진작가가 생성과 소멸이라는 과제를 내주었다. 과일이나 채소를 하나 정해 날마다 사진을 찍어보라고 했다. 한쪽에 칼집을 내면 더 낫다고 했다. 마트에서 봉지 사과를 하나 샀다. 껍질째 먹는 세척 사과라고 포장지에 쓰여 있었다. 먹을 일 없이 썩히게 될 게 미안했다. 사과는 박스 위에 놓았다. 사진을 찍기 편한 눈높이이기도 했다. 나와 인연을 맺은 사과이고 곧 사라질 사과이니 특별한 대접을 해주고 싶었다. 안방 창틀 근처에 두고 창을 닫거나 열면서 사과를 보았다.

그때 일기에 이렇게 적었다. "짧게 뜯긴 사과의 꼭지가 마르고 비틀린 모양새다. 배꼽처럼 움푹 들어간 자리는 보얗게 보여 먼지가 쌓인 듯한 느낌이 든다. 사과는 옆면에 세로로 난 짙붉거나 밝은 노란색의 얼룩을 가지고 있다. 노란색은 연한 갈빛에 가까운 병아리의 깃털 같은 색이다. 사과의 꼭지에서부터 폭죽이 터져 옆으로 흘러내린 것처럼 보인다. 사과가 붉은 우주라면 껍질에 새겨진 점들과 얼룩과 줄들은 별들과 은하와 유성들 같다. 둥글고 붉은 우주. 배꼽이 있는 배를 쑥 내밀고 머리와 팔다리를 뒤로 숨기면서 몸을 둥글게 말아버린다면 이 붉은 사과처럼 보일지도 모르겠다."

아침에 사과가 햇빛에 놓인 걸 보면 사과를 잘 찍어주고 싶다는 생각이 들어 정성 들여 찍었다. 그런데 사과가 썩어가기 시작하자 마음이 점점 더 불편했다. 눈으로는 아직 성한 자리를 열심히 찾았다. 처음 샀을 때의 빛깔을 간직한 자리를 보면 반가웠다가, 시든 자리를 보면 시무룩해졌다. 곧 사과가 썩기 시작하고 곰팡이가 피어오르자 벌레가 끼기 시작했다. 아무래도 처음 봤던 사과와 이 썩은 사과의 공통점을 찾기 어렵게 되었다. 사과는 상해가면서 본래의 모습이 사라졌지만 더 강렬한 존재감을 체취로 내뿜었다.

다시 나는 일기에 썼다. "사과의 부패는 양쪽이 다르게 진행된다. 몸을 낮춰 한쪽을 보면 사과는 얼핏 그대로인 것 같지만 반대편을 보면 황량하고 삭막한 상실의 세계가 펼쳐진다. 자책이 든다. 사과의 돌아갈 수 없음. 원하지 않는 변모. 한 사과 사이에서 붕괴되어버린 계단. 부서져버린 사다리. 꼭지는 좀 더 말라 딱딱하고 앙상해 보인다. 사과가 안됐다. 다른 세계가 한 몸에 공존하기 때문이다. 지속과 단명이 같이 있어 괴로운 사과."

벌레들이 징그럽기도 했지만 눈길이 갔다. 벌레는 살고 싶어 하고 먹이 없이는 무력한데 사과는 유능하고 벌레의 커다란 먹이였다. 사과에서 나온 벌레가 나방이 되어 방에서 날아다녔다. 내가 아는 사과에서 나온 날벌레이니 어쩌지도 못하고 같이 있었다. 나는 그 나방을 쳐다보다가 사과를 한번 슬쩍 만져보았다. 사과는 뜨뜻하면서도 까끌까끌했다.

나는 사과에 플라스틱 통을 씌웠다. 사진작가는 수업 때 내 말을 듣곤 "통을 씌우는 건 보지 않겠다는 뜻 아닌가? 통풍이 안 되니 벌레가 더 생기는 게 아닌가? 햇빛에 내놓아보라"고 말했다. 그 후 벌레를 털어내고 사과에 햇볕을 쬐였다. 작아진 사과는 고즈넉해 보였고 온통 쪼글쪼글한 주름투성이였다. 시간이 흐르고 있었다. 오그라든 사과의 껍질은 시침질한 바느질 자국처럼 주름이 모여 있었다.

그즈음 둥근 것이 반으로 쪼개어지는 꿈을 꾸었다. 쪼그라든 사과나 호두 같은 것이 갈라졌고 손안에 잡힐 듯 작은 그 안의 것이 사라졌다. 그건 아기였다. 나는 꿈에서 조각난 것을 들고 사람들에게 "아기를 잃어버렸다!"고 울부짖었다. 일어나니 식은땀이 흘렀다. 아기를 낳고 나서 산후 기간에 이런 꿈을 자주 꾸었다. 시간이 지나면서 그런 꿈을 꾸지 않게 되었지만 또다시 같은 꿈을 꾸고 말았다. 잠을 깨고 나도 절박한 감정이 남아 있었다. 아기를 잃어버렸다는 소스라침과 현실이 아니라는 안도감이 동시에 들었다.

왜 그런 꿈을 꾸었을까? 곰곰이 생각해보니 아무래도 사과 때문인 것 같았다. 사과의 쪼그라든 껍질 때문이다. 어릴 때 만화책에서 이런 내용을 보았다. 고아가 아빠가 떠나면서 준 호두를 선물로 간직하고 있었는데, 그걸 다른 아이들이 깨 먹어 충격을 받아 울면서 싸운다는 내용이었다. 그 깨어진 호두 껍질처럼 쪼그라든 사과 껍질. '아, 이 과제는 나를 너무 깊이 건드는구나, 그리고 감정을 쏟고 소진하게 하는구나. 이렇게 시간과 노력을 쏟을 필요가 과연 있는 것일까? 그만하는 게 나를 위해 낫지 않을까?' 회의가 들었다.

거실 벽을 우두커니 바라보았다. 그때 꺼진 텔레비전 화면에 내가 비쳤다. 집에서 평상복으로 입는 인조견 치마가 비쳤다. 치마를 양손으로 치켜들어 보다 이 치마를 사진으로 찍고 싶다는 생각이 문득 들었다. 치마 사진을 찍다 나는 그 치마에 무엇을 올려놓아야 하는지 알았다. 그건 쪼그라든 사과였다. 이제는 커버린 내 아이, 내 마음이 머물러 있는 곳, 그 아이가 있던 곳, 떨쳐야 할 나의 염려, 나의 애정, 나의 마음만 자맥질하듯 돌아가는 그 자리. 배 한가운데에 나는 그 작아진 사과를 가져다 놓았다. 그리고 사과가 내 배 속에 들어온 것처럼 그 사과를 품은 나의 사진을 찍었다.

서른 살, 임신이 된 걸 우연히 안 순간 나는 잠시 망설였지만 곧 그 자리를 지키기 위해 거침없이 뛰어들었다. 인생의 행로를 바꾸었고, 미지의 길로 나를 한순간에 보내버렸다. 그에 대한 값을 비싸게 치렀다 해도 나는 그 순간의 결정 때문에 아이를 지키고 어머니가 될 수 있었다. 나는 종종 생각한다. 내가 한 결정의 순간에 대해, 내 아이가 주름지고 미약해 소리 없이 내 안에 있으면서, 뛰는 심장 소리로 존재를 외치던 그 선명한 순간에 대해. 재촉당하듯 망설이면서도, 짧은 시간 만에 부쩍부쩍 자라나는 그 작은 몸에 압도되어 더 미룰 수 없이 얼른 내어주기로 한 나의 부풀던 몸에 대해. 내 몸을 통해 누군가가 무엇을 먹고 숨 쉬며 살아낼 수 있었던 시간에 대해. 그때부터 나를 점령한 소리와 색들에 대해. 어둠과 빛에 대해. 내가 말없이 지켜내고 지금도 지키고 있는 외딴 삶에 대해.

지금부터 그것을 보여준다면 어떨까? 말한다면 어떨까? 아무도 주목하지 않는 자리여도, 이런 작업을 하는 순간에 나는 적어도 초라하거나 쓸쓸하지 않을 것이다. 차별이 횡행하고 속된 세상에서 등 돌려 당당해질 수 있을 것이다. 그러자 하나의 사과가 보였다. 나의 눈에 마침내 뚜렷이 그 존재 자체로서의 사과가 보이기 시작했다. 서로 다른 존재로서 우리는 이 세계에 나란히 같이 있었다.

마지막엔 사과와 어떤 식으로든 작별해야 한다고 사진작가는 말했다. 나는 사과와 헤어지기 싫어졌다. 아름다워 보였기 때문이다. 사과의 변해가는 몸을 보면서 나는 주름지기 시작한 나의 몸을 같이 보았고, 내 몸의 견고함을 카메라의 눈으

로 찾아내면서 사과의 견고함도 찾아낼 수 있었다. 어느 순간 타인의 몸조차 묵묵히 시드는 사과처럼 보이기 시작했다. 말라가는 사과를 생각하면 제한된 시공간 속에서 살아가는 타인들의 모습이 그려졌다. 나는 사과를 박스에 올려두지 않고도 제자리에 놓고 바라볼 수 있게 되었다.

사과가 아무것도 아닌 하나의 사과가 되기까지 오랜 응시가 필요했다. 내가 아무것도 아니어도 되는 내가 되기까지는 좀 더 시간이 걸려야 할까? 나는 사과를 흙에 묻어주려고 생각했다. 그건 사과의 몸이 썩어도 안에 있는 씨앗이 그대로일 거라는 믿음 때문이었다. 씨앗이 있으니 사과는 온전히 남아 다른 모습으로 변형되어 살아갈 수 있을지 모른다. "그 씨앗이 사과나무가 될까요?" 밤에 사진 수업을 마치고 돌아오는 길에, 버스 안에서 내가 다른 수강생에게 혼잣말처럼 물었다. 그녀는 "사과나무가 될 거예요" 하고 진지하게 대답해주었다. 나는 그 진심 어린 대답이 고마웠다. 사과가 보여지는 것을 그치고 미지의 세계로 돌아갈 때 어떤 모습이 될지 우리는 모른다. 하지만 땅속에서 일어나는 일은 하늘에서도 함께 일어나고, 우리 마음에 남아 있는 자국들은 다시 알 수 없는 꽃을 피우고 열매를 맺으며 찬란하게 삶을 지속한다. 마침내 사과는 사진 한 장으로만 남았다.

그때쯤 어머니에게서 편지가 왔다. 어버이날 무렵이었고

〈흐르는 강물처럼〉(1993)이라는 제목의 영화를 보았다고 했다. 어머니는 내게 일기처럼 쓴 글을 보내주었다.

영화를 보면서 이슬처럼 맑고 영롱한 대자연의 아름다운 경치와 말없이 유유히 흐르는 강물을 보았다. 평범한한 가족이 일상 속에서 끊임없는 고뇌와 갈등, 애정, 기쁨, 두려움, 슬픔을 겪는 것을 느낄 수 있었다. 늘 평온하고 아무런 문제가 없어 보이지만 한 가정 안에서 일어나는 모든 문제들은 예고 없이 찾아오는 손님같이 우리 삶을 흔들어놓는다. 행복과 불행은 손바닥 뒤집듯 불현듯 성큼 다가와 마음의 갈등을 일으키며 오늘을 살아간다.

우리 아버지는 내가 열다섯 살 때 위암으로 돌아가셨다. 열한 식구의 생계를 위해 수화물 일을 하셨는데 얼굴이 잘생겼고 체격이 좋았다. 아버지가 힘들어 보이길래 우리 형제들이 모여서 아버지의 팔과 다리를 주물렀던 기억이 난다. 그리고 아버지와 오빠의 구두를 아침마다 내가 반짝반짝하게 닦아드렸다. 아버지가 "너는 시집가면 신랑한테 귀염받겠다"고 한 말씀이 기억에 남는다. 아버지는 "살다가 아무리 힘들어도 집은 절대로 팔면 안 된다. 우리 식구가 열한 명이어서 셋방 살 집을 줄 사람은 어디에도 없을 거다" 하고 신신당부하시던 말씀이 생생히 기억에 남아 있다. 아버지와 오빠 모두 젊은 나이에 고생만 하다 돌아가셨다. 집은 팔렸다. 든든한 우리 오빠가 갑자기 오토바이 사고로 돌아가셨고 또 언니는 시집도 안 가고 수녀원에 입회했다. 나는 갑자기 맏이가 되어 마음이 늘 분주했다.

막냇동생은 예쁘고 똑똑하고 솜씨가 좋아 꽃도 잘 길렀다. 어릴 때 막냇동생이 자꾸 나를 따라오길래 막냇동생을 업고 친구들과 극장을 간 적도 있었다. 정이 많고 착한 동생이라 내가 나중에 늙으면 말벗이 되어줄 줄 알았는데 먼저 세상을 떠났다. 막냇동생은 장윤정의 〈초혼〉이라는 노래를 좋아했다. "살아서는 갖지 못하는 그런 이름 하나 때문에 그리운 맘 눈물 속에 난 띄워 보낼 뿐이죠……" 왠지 그 노래 가사가 자꾸 떠오른다. 아까운 내 막냇동생은 한 많은 세상을 살다가 잠자듯 고요히 아무 말 한마디 없이 이 세상 소풍을 마치고 우리 곁을 떠났다.

내 나이 어느새 일흔하나다. 어버이날에 성당에서 한 송이 장미꽃을 선물로 받아들고 우리 부모님을 생각하며 부르는 노래가 애달프다. 노래를 부르니 어느새 눈물이 났다. 어릴 때 어머니가 저녁밥 대신 콩죽을 끓이셨다. 나는 너무 맛있어서 두 그릇 넘게 먹었다. 실컷 먹고 보니 엄마 죽이 안 보였다. 내가 너무 많이 먹어 엄마 몫 식사까지 먹은 셈이다. 나는 그날 일이 잊어버려지지 않고 엄마에게 미안했던 마음이 남아 있다. 세상은 돌고 돌아 자식도 부모 되고 우리는 또 조모와 조부가 되는 것이 당연한 이치다. 자식들이 건강하고 행복하게 잘 산다면 이 세상 모든 부모는 더 이상 바랄 것이 없는 게 당연한 이야기다. 오늘 신부님이 강론 중에 노래를 한 곡 불러주셨다. 짧은 만남 속에서 오래 기억될 수 있는 좋은 사람이 되라는 뜻 같다. 제목도 모르는 노래를 처음 들었다.

영화에서 목사인 아버지가 큰아들 노먼에게 죽은 둘째아들 폴을 두고 "훌륭한 낚시꾼이었으며 참 아름다운 아이였다"고 말했다. 사랑했지만 떠나보낼 수밖에 없는 인간의 나약함에 가족들은 크게 아파한다. 소중한 가족이지만 서로서로 마음을 다 안다고 생각하지만 우리는 잘 모르는 채로 평생을 살아가고 있다. 가족을 완전히 이해할 수는 없지만 가족을 완전히 사랑할 수는 있다는 대사가 마음에 깊이 남는다.

강물이 흘러 바다에서 다 만나듯이 우리의 인생도 긴 여정이 끝나면 하늘나라에서 모두 만날 것이다. 그래서 온 우주는 하나로 통할 것이다.

어머니의 편지는 이렇게 끝났다.

## 흐르는 강물처럼

　내가 일곱 살이었을 때, 어머니는 집을 비운 적이 있었다. 어머니는 일주일 만에 곧 돌아왔고 그 일은 기억 속에 묻혀 있었다. 어머니가 없을 때 아버지는 갑자기 우리에게 선물을 사주었다. 무선으로 조종할 수 있는 비싼 장난감 비행기였다. 평소에 가지고 싶다고 졸라도 사주지 않았을 물건이었다. 그날, 셋방 앞마당에 아버지와 함께 서 있었다. 검은색 버튼을 멀리서 누르면 비행기는 이리저리 움직였다. 아버지는 내 표정을 살펴보았다. 그때 나는 즐거워해야 한다는 걸 알았다.

　"좋지?" 기분을 살피는 아버지의 질문을 듣고 나는 집에 뭔가 큰일이 벌어졌다는 사실을 깨달았다. 어른들만 아는 일이 벌어졌고 그 일 때문에 어쩌면 어머니는 다시 집에 돌아오지 못할 수도 있다는 걸 직감으로 알아챘다. 하지만 슬픈 모습을 보이지 않으려고 했다. 아무렇지 않은 척하면서 고개를 끄덕이며 좋다고 대답했다. 아버지도 기쁜 표정을 지으려 했지만 우리를 내리누르는 침묵의 무게가 더 컸다. 나는 아버지의 마음을 고스란히 알고 있다는 것을 들키지 않으려고 눈길을 떨어뜨렸다. 흰 비행기는 저 혼자 땅바닥에서 방향을 잃고 우왕좌왕하고 있었다.

그 사실을 다시 떠올린 건 아버지가 쓴 손편지를 고향 집에서 우연히 발견한 다음이었다. 아버지가 어머니에게 이십여 년 전에 쓴 편지였다. 획이 단정한 글씨로 이런 내용이 쓰여 있었다. "이렇게 편지를 쓰는 것이 참으로 오래간만입니다. 생각하면 모든 게 어제 같은데 당신과 내가 만나고 가정을 꾸리고 아기들을 기르고 생활한 것이 25년이 넘었습니다. 미선이는 셋방에서 태어났지요. 그때도 병원은 있었는데 지금 생각하면 무모했다는 생각이 듭니다. 막내가 나기 전 임신이 잘못되어 고생하다가 당신이 시장에서 쓰러져 안동의 병원에 가서 수술을 받고 입원하게 되고 아이들은 큰집에 맡겨지게 되었지요. 수술실에 당신을 들여보내고 일이 잘못되어 당신이 영원히 깨어나지 못하면 어떻게 하나 하고 한없는 조바심을 하였답니다."

그때쯤 찍은 사진이 떠올랐다. 어머니와 나와 동생이 둑길에서 함께 찍은 사진이었다. 동생은 근처에서 꺾은 애기똥풀을 손에 쥐고 흰 멜빵바지 차림으로 있었고, 나는 유치원복인 남색 치마를 입고 어머니에게 어깨를 기댄 채 서 있었다. 진분홍색 블라우스에 붉은 꽃문양이 있는 치마를 입은 어머니는 양손으로 우리의 어깨를 잡고 서 있었다. 어머니는 차분하고 좀 슬픈 듯한 얼굴로 앞을 바라보았다. 긴 파마머리가 바람에

날리고 있었다.

어머니에게 그 일에 대해 물어보았다. 머리가 하얗게 센 어머니는 부엌에서 상을 차릴 준비를 하고 있었다. 어머니는 이제 파마도 염색도 하지 않고 숱이 적어지는 흰머리를 그대로 두었다. "임신을 했는데 몸이 허했어. 그래서 곰탕을 해 먹으러 시장에 국거리를 사러 갔다가 그 자리에서 쓰러졌어. 산부인과에 가니 병명을 모른대. 그때 가정의학 백과사전이 집에 우연히 한 권 있었거든. 그걸 보니 자궁외임신 증상 같더라고. 의사한테 내 병이 그 병 같다고 말했지. 의사가 피를 뽑아 검사하더니 내 말이 맞다고 하면서 빨리 큰 병원으로 가라는 거야. 하루 만에 수술 안 하면 죽는다고 했어. 남편이 택시를 타고 안동에 가자고 했는데 내가 버스를 타고 병원에 갔어. 그날 수술을 했지. 그때 병실에 누워 있는데 '아들을 아직 못 낳은 부인이 앞으로 더 낳을 수 있겠냐'는 소리를 누가 옆에서 하더라고. 집에 돌아와보니 아이들이 검게 타고 꾀죄죄했어. 내가 없는 동안 혹시 구박을 받지 않았을까 염려했어. 집에 와서 마당에 핀 작약을 보는데 '내가 살아서 돌아왔구나……' 하는 생각이 들었어."

그때 어머니는 어쩌면 정말 다시는 집에 돌아오지 못할 수도 있었다. 그 삶과 죽음의 사이에서 어머니는 스스로의 힘으로 등을 돌려 우리에게 걸어온 것이다. 그리고 지저분해진 우리의 두 손을 꼭 쥐어주었다. "생과 사의 갈림길에서 돌아온 거지. 내가 잘못되면 너희는 고아처럼 되는 거였어. 너희가 어려서 아무것도 모를 줄 알았는데, 병원에서 퇴원하고 집에 가니 네가 그러더라. '엄마, 우리가 말 안 들어서 엄마가 아파서 병원에 가서 수술했으니까, 이제부터 엄마 말 잘 들을 거야.' 내가 갔다 와서 아이들도 놀랐겠구나 싶었어. 그래, 병원에서 수술이 잘못되면 그러다 순간적으로 내가 없어질 수도 있었어. 삶의 고비를 잘 넘긴 거지. 그때 사실 무서웠어."

나는 성인이 되어 봉화에 있는 그 집 앞에 다시 찾아간 적이 있었다. 우리가 세 들어 살던 기와집의 맨 끝 단칸방은 여전히 같은 모습으로 남아 있었다. 대문 너머로 안을 들여다보니 장지문 앞에 흰옷 빨래가 널려 있고 라디오 소리가 흘러나왔다. 그리고 마당에는 붉은 작약이 피어 있었다. 어머니가 마당 앞에 앉아 보았던 바로 그 작약이 여전히 피어 있었다. 그날 나는 눈을 뗄 수 없었다. 잊어버린 작약이 그 자리에 탐스럽게 피어 있어서, 지난 시간이 완전히 없어진 게 아니어서. 내가 처음 걸음마를 하면서 바깥을 구경할 때도 그 꽃이 핀 마당이 있었다. 어머니와 둘이서 그 집 앞에 다시 갔을 때 둘이서 까치발을 하고 서서 안을 들여다보았다. 기억 속에 있는 어머니의 젊은 날과 아득한 내 어린 날이 그곳에 여전히 둥지를 틀고 있는 것처럼 말이다. 나중에 어머니가 나에게 말했다.

"나는 오늘을 충실히 산다는 생각으로 살아왔어. 내일은 있을지 없을지도 모르니까. 나의 힘이 크지 않고 인생의 충격을 혼자 삭이기엔 미약하니까 신앙에 의지하며 살았지. 마음이 편치 않거나 걱정이 있을 땐 나무를 생각해. 나무가 바람을 타서 흔들리는 것처럼 사람들도 마찬가지로 그렇게 흔들리는 거야. 그건 살아 있다는 뜻이야."

나는 짧은 생애를 살다 간 차학경 작가의 작품 《딕테》를 읽다가 한 장면에 눈길이 갔다. 여름 태양 아래에서 홀로 물을 긷는 젊은 여인과 집을 떠난 어린 소녀가 우물가에서 만났다. 대지는 공허했고 나무 두레박이 우물 안의 벽을 치는 소리가 들려왔다. "그녀는 여인이 두레박을 들어올리자, 돌우물을 바라보았다. 그녀는 각 동작을 눈으로 따르고 있었다. 여인은 두레박을 우물의 담 위에 쉬어놓고 앞치마 속에 손을 넣어 조그만 사기그릇을 꺼냈다. 그릇의 이가 빠진 부분은 오랜 시간으로 때가 묻었고 그릇의 바닥까지는 금이 가 있었으며 바닥은 깨어지기 시작했다. 그녀는 그릇을 두레박 속에 담가 가득 채웠다. 그녀는 그것을 어린이에게 마시라고 주었다."[*]

나는 고향 집 침대 밑에 있는 종이 상자 속에서 오래된 사진들을 발견했다. 그것을 한 장씩 들여다보았는데 처음 보는

[*]　차학경, 《딕테》, 김경년 옮김, 어문각, 2004, 180쪽.

사진들이 있었다. 흰 줄이 난 검은 치마를 입은 어머니가 노란 포대기를 두르고 벌판을 걸어가고 있었다. 업힌 동생은 보이지 않고 겨울 벌판은 푸른 잎 하나 없이 온통 진한 갈색을 띠었다. 그 옆에는 외투를 입은 친척들이 드문드문 서 있었다. 다음 사진에는 둥근 무덤을 둘러싸고 어머니와 그 자매들이 고개를 숙이고 기도를 하는 모습이 있었다. 손에는 성경이 들려 있었다. 큰외삼촌의 무덤인 것 같았다. 아마 죽은 지 얼마 안 된 때였을 것이다. 외삼촌과 이모가 잇달아 세상을 떴을 때는 어머니가 결혼해서 자리 잡은 지 몇 년 되지 않은 무렵이었다. 네 살 때 나는 어머니가 외삼촌의 장례식을 마치고 장지에 가려고 버스에서 소복 차림으로 내릴 때 붙잡고 큰 소리로 울었다. 그 순간 어머니가 나에게서 영영 떠나는 것 같다는 불안에 사로잡혔다. 버스 입구에서 떼를 쓰며 절박하게 매달리면서 까무러치게 발버둥을 쳤다. 나는 지금도 그때 감정을 생생히 기억한다. 눈앞의 어머니는 생과 사의 경계에서 나를 떠나 다른 쪽으로 걸음을 옮겨 가버릴 것 같았다. 내가 당장 붙잡지 않으면 어머니의 얼굴을 다시는 못 볼 것 같았다. 그날 어머니는 결국 어린 나를 뿌리치지 못했고 장지에 가지 않았다.

그다음 사진은 어머니가 위령기도를 마치고 길을 따라 내려오는 모습이었다. 어머니는 웃고 있었고, 포대기로 싸 업은 아이를 뒷짐으로 받치고 길 한가운데로 걸어 나오고 있었다.

그들은 모두 집으로 돌아가는 중이었다. 무덤에서 등을 돌리고 삶을 향해 걸어 나오고 있었다. 뜻밖의 죽음이라는 고통 속에서도 그들은 자신의 자리를 힘껏 지켜냈다. 업은 아이를 추스르고, 주름을 다림질로 펴나가듯 일상을 매만지며 제자리로 돌아오고 있었다. 무엇보다 자신들이 살아낼 때에야 비로소 바로 살아갈 수 있는 목숨들이 가까이 있었다. 어떤 결심이 보였다. 자신의 삶이 다다르는 곳이 어떤 곳일지라도 오늘 주어진 하루를 최선으로 살아내겠다는 결심. 또다시 닥치는 일들을 기꺼이 받아들이겠다는 결심. 자신이 살아 있다는 사실을, 자신이 누군가를 살게 한다는 사실을, 결국 함께 살아갈 수 있다는 사실을 긍정하며 그날 어머니는 앞을 향해 걸어오고 있었다.

상자의 밑바닥에 오래된 흑백사진 한 장이 남아 있었다. 귀퉁이가 접힌 그 사진은 이때까지 제대로 본 적이 없는 사진이었다. 나는 그 사진을 들고 오래 들여다보았다. 사진 안의 사람을 알아보는 데는 조금 시간이 걸렸다. 그녀는 단발머리를 하고 둥근 무늬가 있는 밝은색 원피스를 입고 있었다. 앞에 장식이 붙은 검은 샌들은 풀이 난 기슭에 떨어져 나란히 놓였다. 그녀는 강가에 앉아 허리를 숙이고 흐르는 물에 맨발을 담그고 두 손을 적시고 있었다. 옅게 미소 띤 담담한 얼굴로 물결을 보고 있었다. 저 멀리에 있는 산과 나무들은 작게 보였다. 강은

오른쪽 위에서 왼쪽 아래로 유유히 흘러갔다. 그녀는 사람들과 떨어진 자리에 물러앉아 자기만의 시간을 보내고 있다. 오랜만에 마주한 물결을 지켜보고 있다. 강은 쉴 새 없이 흘러가고 그녀는 자신만의 생각에 잠겼다. 다가올 미래는 아직 아무것도 알려지지 않았다.

그때 그녀는 누군가의 어머니도 아니고 아내도 아니었다. 오직 자기 시선으로 강을 보며 자신의 순간을 온전히 누린다. 누가 그녀를 위해 이 사진을 찍어주었을까? 그녀는 날마다 자신의 노동과 힘으로 살아갈 테지만 그날은 모처럼 모든 것을 잊고 오직 강물과 눈을 맞추며 손을 담갔다. 그녀가 그 자리에 있어서 강물은 생기를 띠고 있는 것 같았다. 많은 물결이 하나하나 의미 있게 눈에 들어오는 것 같았다. 이후에도 그랬다. 그녀가 잠시 그 순간, 그 자리에 주저앉아 눈을 마주쳐주어서 앞으로 그 자리에 머물 수 있을 것들이 빚어지기 시작했다. 그녀가 시작을 해주어서 그것들은 그다음의 시간으로 흘러갈 수 있었다. 앞으로 그 많은 이야기를 만들어낼 원피스를 입은 그녀가 지금은 단지 강가에 앉아 조용히 빛나고 있었다. 1973년의 어느 날, 대구의 금호강에서였다.

단칸방에서 그녀가 건네준 그릇 속에 고인 찬물은 언제나 달고 시원했다. 나는 목을 축이고 그녀를 올려다보았다. 《딕테》에 나오는 어린아이처럼 나도 그녀가 웃는 모습을 보면 따라 웃으며 쳐다보았다. 책의 그 이야기는 이렇게 끝이 난다. 앞치마에서 꺼낸 깨어진 사기그릇으로 여인이 떠준 물을 마시고 아이의 눈이 맑아졌다. 여인은 미소 짓고 있었고 아이도 제자리에서 수줍은 미소를 지었다. 얼마 후 길을 떠난 아이가 뒤돌아보았을 때 여인은 우물에서 떠났다. 아이가 돌아서서 모든 방향을 둘러봐도 여인은 없었다. 멈추지 말고 가라고 여인이 해준 말을 기억하고 아이는 앞으로 뛰어가기 시작했다. 작은 촛불이 켜진 자신의 집을 향해.

## 서랍을 열다

　요즘 들어 서랍을 정리하던 참이었다. 결혼 때 입은 한복 한 벌이 장롱 서랍 맨 아래에 들어 있었다. 이십 년 전 어머니와 같이 한복을 맞추러 갔다. 어머니는 내가 결혼 준비를 알뜰히 하느라고 한복도 제 손으로 직접 싼 것을 고르는 걸 보고 안쓰러워했다. 나는 어머니와 같이 동대문시장에 가서 생전 처음 한복을 한 벌 마련했다. 신부가 입는 한복은 색이 대개 정해져 있다고 했다. 나는 붉은 치마에 노란 저고리의 한복을 맞추었다. 재단과 바느질을 마친 한복이 집으로 배달되었다. 폐백 드릴 때 그 한복을 입고 휙휙 던져지는 밤톨들을 받았다. 아들 딸 많이 낳고 오래오래 살라고 덕담이 이어졌다. 결혼식과 양가 인사를 마치고 그 한복은 서랍 속으로 고스란히 들어갔다. 애써 맞춘 옷이었지만 그 후로 입을 일이 생기지 않았다.

　잡동사니에 묻혀 한복은 한구석에 밀려나 있었다. 입지 않는 저 한복을 남에게 주어버릴까, 어디 필요한 곳에 보내고 말까 때때로 생각했던 건 짐스러웠기 때문이었다. 나이 든 이는 붉은 한복 치마를 더 입을 수 없다고 했다. 내 나이 때는 은은한 색을 입어야 한다는 말도 들었다. 다시 치마를 맞출 일도 없었지만, 이 붉은 치마를 처분해버리려고 한 건 미숙했던 젊은 날의 실수들에서 벗어나고 싶었기 때문일까? 치마를 미워할 이유는 없었지만 어쩌면 나는 나를 여자로 살게 하고 번거롭게 인사치레에 시달리게 한 저 치마가 싫었던 건지도 모른다.

치마를 우두커니 내려다보았다. 그러다 문득 깨달았다. 이 치마는 내가 가진 유일한 한복 치마라는 것을. 어린 시절에 내가 어머니의 서랍을 열고 그렇게 가지고 싶어 했던 그 치마라는 것을. 어린아이가 머리에 펼쳐 쓰고 몸에 한껏 두르면서 뛰어다니며 그토록 갈망했던 치마라는 것을. 붉은 치마를 펼치니, 이전에 미처 보지 못한 모란 문양들이 치마에 둥글게 찍혀 있는 게 보였다. 그 문양을 쓰다듬고 들여다보고 있으니 갑자기 눈물이 났다. 치맛자락을 움켜쥔 손이 떨렸다. 가슴이 죄어드는 듯하며 목에서 울음소리가 토해졌다. "내 치마인데! 내 치마인데!" 치마를 끌어안고 들썩이며 얼굴을 묻었다. 왜 이 치마를 버리고 싶어 했을까. 구겨진 치마에서는 매캐한 먼지 냄새가 났다. 목이 싸해지면서 기침이 나왔다. 이건 기억 속에 남아 있는 어머니의 치마가 아니라 나와 같이 몸을 가지고 삭아가는 내 인생의 치마 한 벌이었다.

나는 '안녕, 모란'이라는 전시회에서 비단옷에 화려한 자수가 놓인 조선 시대 복온 공주의 붉은 혼례복을 보았다. 모란

은 우리나라 사람들이 오랫동안 사랑해온 꽃이라고 했다. 모
란은 살아서 누리는 부귀영화를 뜻했다. 또한 왕실 사람들은
죽은 이의 마지막 자리도 모란 무늬를 써서 배웅했다. 모란 무
늬가 있는 내 치마는 머릿속으로 생각했던 것처럼 그렇게 크
고 화려하지 않았다. 초라하고 낡고 때가 타 있었다. 모든 부푼
꿈을 떠나보내고 자기 모습으로 마침내 남은 낡고 납작한 치
마 한 벌이 내 품에 안긴 채 뒤늦은 울음과 함께 흔들리고 있
었다.

"나도 어머니 것과 같은 치마를 가질 수 있나요?" 어린 시
절 서랍에서 어머니의 치마를 꺼낼 때 물었다. 어린아이가 천
진난만하게 어머니를 올려다보며 물었다. 나도 앞으로 당신처
럼 살 수 있냐고. 당신처럼 이런 예쁜 치마를 입고 멋지게 살
수 있냐고. 나도 내 인생에서 치마 한 벌을 가질 수 있는 거냐
고 어린아이가 물었다. 아이는 아직 모른다. 빛에는 어둠이 따
르고, 누군가의 아름다운 빛을 위해서 누군가는 그늘에서 숨
죽여 인내해야 한다는 것을 모른다. 그 빛을 떠받쳐주는 숨은
노력을 모른다. 그 이름 없는 노력이 이어져서 무언가가 생겨
나고 자라날 수 있다는 것을 모른다. 그리고 시간이라는 뫼비
우스의 띠 속으로 걸어 들어가며 자신도 무언가를 걸고 누군
가를 위하고 지켜야 하는 시간을 앞으로 가지게 될 거라는 걸
모른다. 어린아이는 눈앞에 있는 어머니의 진짜 슬픔이 무엇

인지 모른 채, 멋진 어른이 되기를 막연히 꿈꾼다. 자신에게 주어질 치마가 어머니의 것처럼 좋은 것이 되기만을 바란다. 나는 서랍 속에 들어 있던 나의 첫 치마에 대해 생각했다. 누구나 서랍 속에 꺼내지 못한 옷 한 벌이 있다는 것과, 그 옷을 얼굴에 묻었을 때 쏟게 되는 눈물에 대해 생각했다.

나는 치마에 대한 글을 쓰려고 마음먹었다. 처음 글을 쓰고 소리 내어 읽어보는데 눈물이 났다. 마음속에서 긴 울음소리가 들리는데 한 발 한 발 내딛듯이 글자들을 읽어나갔다. 목소리는 덤덤한데 흘러내린 눈물은 입술을 축축이 적셨다. 나는 눈이 쏟아지는 머나먼 길을 머리를 숙여 돌진해나가듯 내가 쓴 글을 읽었다. 어머니의 치마가, 나의 치마가, 우리의 치마가, 여성들의 치마가 목소리를 타고 타인에게도 날아가 진짜가 되어 세상에 자리 잡는 것 같았다. 흔적 없이 사라지던 그 모든 치마가 눈물에 싸여, 눈빛에 싸여 촛불이 하나하나 켜지듯 이곳에 되살아나는 것 같았다.

고향 집의 어머니는 요즘 자수를 배운다면서, 흰 천에 수놓은 분홍색 모란꽃들을 사진으로 찍어 내게 보내주었다. 우리의 치마에 있던 그 꽃들이었다. 그 꽃이 어머니가 한 땀 한 땀 떠서 수놓은 손끝 자리에서 다시 피어난 것을 나는 보았다. 이전에 어머니는 외손녀가 집에 놀러 왔을 때 상점에 같이 가서 바비 인형을 사주었다. 금발 머리의 그 인형을 외손녀가 싫증 내어 더 가지고 놀지 않을 때도 그것을 버리지 않고 간직했다. 어머니는 붉은 털실을 가지고 인형의 옷을 직접 짜기 시작했다. 원피스는 인형에게 딱 알맞았고 뒤쪽으로 끈이 달려 있어 멋을 내어 매듭을 지을 수도 있었다. 어머니는 자기가 뜨개질해 옷을 입힌 인형을 내게도 보여주었다. 어머니는 아이들이 좋아하던 것을 기억했다. 아이들이 떠난 자리에 남은 인형을 위해서 무언가를 마저 해주고 싶어 했다. 따뜻한 붉은 원피스를 입은 인형을 나는 오래 쳐다보았다.

자식들이 커서 모두 집을 떠난 후, 어머니는 자기만의 방을 가질 수 있었다. 아파트 안방에서 어머니는 수를 놓고 미싱으로 옷을 수선하고 기도를 하며 지냈다. 어머니는 밋밋한 내 에코백에 나뭇잎을 수놓아주었다. 어머니가 반짇고리에서 주머니를 열어 보였다. 그 안에서 모양과 크기와 색깔이 제각기 다른 단추들이 쏟아졌다. 그 단추들 가운데에는 과거에 우리가 입은 원피스의 단추도 들어 있었다. 나는 개중 눈에 익은 단추들을 찾아냈다. 어머니의 치마에 달려 있던 단추들도 있었다. 어머니는 내 교복을 최근까지 간직하고 있다가 이사 오면서 정리했다며 아쉬워하는 목소리로 말했다. 대신 교복에 달려 있던 단추를 짚어 내게 보였다. "이게 모두 우리 역사야." 어머니가 웃으며 말했다. 어머니는 단추들을 한 줌씩 쥐고 모래놀이를 하듯 우수수 소리 내어 떨어뜨렸고, 바닥에 두루 펼치고 손으로 쓰다듬었다. 어머니는 그 낡은 단추들을 보물이라고 불렀다.

어머니가 입은 평상복 치마들은 많이 사라졌지만 장롱 서랍 안에는 여전히 옛 한복들이 들어 있었다. 서랍을 열어 내가 가지고 놀던 치마를 발견한 순간, 반가움과 낯섦에 몸이 잠시 굳었다. 어머니는 카메라를 든 나를 위해 치마를 다시 입어 보였다. 그리고 이 치마를 언제 입었고, 그때 누구와 만났으며, 어디에 있었는지를 말해주었다. 이 치마가 어째서 소중하며 왜 버릴 수 없는지도 말해주었다. 방바닥에는 우리가 꺼내놓은 치마가 켜켜이 쌓인 색색의 지층처럼 한가득 펼쳐졌다. 붉은 치마에 굵은 핏줄이 불거진 어머니의 주름진 손이 놓였다. 세월이 지나 어느새 마르고 갈라진 발도 놓였다. 나는 치마의 변함없는 색상 곁에 어머니의 주름지고 검버섯이 핀 몸이 함께 있는 것을 보았다.

나를 만들어준 자리와 사람들이 있었고, 그들은 차츰 나이가 들거나 떠나가고 있었다. 그 자리에는 언제나 치마도 있었다. 나를 길러내고 만든 자리에 어른거리던 색깔과 빛을 쓰고 싶었다. 내가 만난 이들의 얼굴과 목소리를 되살려내고 싶었다. 지난 시간의 순간을 생생하게 만든 그때 치마의 모양을 기억 속에 더듬었다. 그 옷을 입고 누군가를 끝까지 돌보고 지켜낸 여성들에 대해서도 말하고 싶다. 그들이 얼마나 굳게 걸

음을 디뎠는지, 그 걸음이 어떻게 가능했는지 말하고 싶다. 그들이 한 약속이 지금 어떻게 이어지는지도 말하고 싶다. 그들은 웃다가도 남모르게 한숨지었고 때때로 울고 자주 침묵했지만, 그들의 치마는 언제나 삶을 향해 나아가고 있었다. 자신과 연결된 모든 삶의 자리가 가능해지도록 그들은 온몸으로 온 힘을 다해 떠받쳤다. 어머니가 내게 준 치마는 오롯이 나의 기쁨과 행복을 누리라고 선물해준 새 치마였다. 그 치마의 자리를 위해 어머니는 얼마나 먼 길을 걸어왔을까.

내가 어릴 때 입고 놀던 치마들을 펼쳐보았다. 어른이 된 다음이라 그 치마들은 생각보다 크지 않았다. 서랍 속에 오래 있던 치마들은 구겨져 있었고 윤기가 사라진 듯 보였다. 하지만 이 치마들은 나보다 먼저 세상에 와 있었다. 이 치마들의 행렬 다음에 내가 이 세상을 비로소 만날 수 있었다. 빈 거실에 햇볕이 환하게 내리쬐었다. 햇빛 줄기가 오래된 치마들을 가로질렀다. 빛의 줄기들이 움직이며 치마폭을 넘나들었다. 나는 엎드려서 숨을 죽이고 카메라로 그 치마들을 찍었다.

다음 날, 방 안에 우두커니 있을 때 나는 혼자였다. 나는 창을 향해 벽에 기대어 있었고 빛이 벽에 찍혔다. 맞은편 건물의 작은 유리창에 반사된 빛이 방을 뚫고 한줄기로 들어왔다. 하늘과 지상이 맞닿는 빛의 통로처럼. 나는 무릎으로 엉금엉금 기어 그 빛줄기의 한가운데에 앉았다. 빛이 내 몸을 관통하

며 커다랗게 빛나는 네모난 자리를 만들어놓았다. 피부에 와
닿는 빛의 감촉은 따뜻했고 은은했고 부드러웠다. 나는 내 몸
안에 부챗살처럼 퍼져나가는 빛을 품고 눈을 감았다. 빛나는
치마와 함께 삶은 부풀어 올랐다. 그래서 텅 빈 삶이 언제나 채
워졌다.

# 그때 치마가 빛났다

**초판 1쇄 펴낸날**    2022년 10월 4일
**지은이**    안미선
**펴낸이**    박재영
**편집**    이정신·임세현·한의영
**마케팅**    신연경
**디자인**    조하늘
**제작**    제이오
**펴낸곳**    도서출판 오월의봄
**주소**    경기도 파주시 회동길 363-15 201호
**등록**    제406-2010-000111호
**전화**    070-7704-2131
**팩스**    0505-300-0518
**이메일**    maybook05@naver.com
**트위터**    @oohbom
**블로그**    blog.naver.com/maybook05
**페이스북**    facebook.com/maybook05
**인스타그램**    instagram.com/maybooks_05

**ISBN**    979-11-6873-034-2  03810

**만든 사람들**
**책임편집**    임세현
**디자인**    조하늘